U0648457

没药花园案件

MYRRH GARDEN

罪恶追踪

没药花园 著

CNS PUBLISHING & MEDIA
湖南文艺出版社 HUNAN LITERATURE AND ART PUBLISHING HOUSE
博集天卷 CS-BOOKY

没药花园案件

目录

Contents

1

谁杀死了“房思琪”们？
——林奕含和《房思琪的初恋乐园》

翻开书的封面，扉页写着“改编自真人真事”。

林奕含在受访时曾说：“这个故事折磨、摧毁了我的一生。”

2017 年 4 月 27 日，台湾女作家林奕含选择告别这个世界，为她的人生画上句点。这起事件在台湾社会造成很大的影响。在很多相关的谈话性节目里，我第一次目睹各界嘉宾如此情绪激动，再加上网络上的讨论，可以说是群情激愤。

尽管林奕含的身影已离去，但她的生命以另一种方式延续着。她留下的长篇著作《房思琪的初恋乐园》，对曾经发生的事件做出最有力的陈诉。林奕含在饱受抑郁症折磨之时，依然用勇气和智慧，把性侵受害者那种复杂、矛盾、痛苦的心态清晰阐释出来，给世界留下更真实的参考，帮助我们理解同类受害者的心理。

希望这篇文章能让我们记住她。

01.“满级分漂亮宝贝”

明眸皓齿、乌丝如瀑、巧笑倩兮的林奕含 1991 年出生于台南市，毕业于当地最好的女子高中——台南女中，她是排球社、校刊社以及数理资优班的一员，还曾拿过台湾地区数学科展第一名。

高三那年，她考大学考了满级分，相当于高考得满分的意思。这给她带来了媒体的聚光灯，以及“满级分漂亮宝贝”的称号。

林奕含还有个“怪医千金”的称号。网络上很有名气的“台南怪医”皮肤科医师林炳煌是她的父亲。为什么说他是怪医呢？所有初次看诊的病患都必须上一堂由林医师亲自讲授的课，关于皮肤的护理、正确的饮食及作息等信息，目的是确保病患得到彻底的治疗。而林奕含的哥哥也就读于医学系。

聪颖美丽、文武双全、家境殷实，林奕含成长于这样一个地方士绅的家庭，父母往来皆名流。后来，她考上了台北医学大学医学系。

2016 年 4 月，林奕含与相恋三年的新竹（号称“台湾硅谷”）科技新贵丈夫 B 结婚，定居台北。两口子的爱情足迹遍布各国，合影更是羡杀旁人。

2017 年 2 月，她的第一本长篇著作《房思琪的初恋乐园》出版，两个多月就印刷了五次（后来更获得台湾 Openbook 年度好书奖、豆瓣读书 2017 高分图书特别提名等）。大家都说这本书很成功，但是林奕含在受访时表示：“没有什么成不成功的。”

02. 林奕含的另一种真实

因为林奕含比多数人更明白，在标签下，她还有真实的另一面，她也为这一面付出了最惨重的代价。

在书的作者简介里，她这么介绍自己：“所有的身份里最习惯的是精神病患。”精神病患，这是贴在她身上的另一个标签。

高中时，林奕含得了抑郁症。她在高三上学期开始接受治疗，但医生从未给她明确的诊断。由于病情，她在医学大学里的学习只维持了两个星期就以休学告终。两年后，她重考上了台湾政治大学中文系，但大学三年级时再度因病情发作而休学。

在政大上学时，一次期末考试她因病请假，并提供病历诊断书，但系主任冷言冷语地说：“精神病的学生我看多了，自残啊，自杀啊，我看你这样蛮好、蛮正常的。”接着，系主任拿起诊断书问道：“你从哪里拿到这个的？”

这件事对林奕含的影响很大。在她的订婚宴上，她对这件事是如此回应的：

“这个社会对精神疾患者的期待是什么？是不是我今天衣衫褴褛、口齿不清，然后六十天没有洗澡去找他，他就会相信我真的有精神病？又或者他觉得精神病根本不是病呢？”

这件事激发了她对弱势群体的同理心，以及想为他们做一些改变的愿望。

她接着说：“如果今天我是新人……如果我可以成为一个新的人……我想要成为一个对他人的痛苦有更多的想象力的人……我想要成为可以让无论有钱或没有钱的人都毫无顾忌地去看病的那一种人，我想要成为可以实质上帮助精神病去污名化的那一种人。”

林奕含如此坦白地将病况公之于世，所以，当噩耗传来，媒体都自动地把她的死亡与抑郁症做了关联。但是，这病的背后有一个更加沉重和残酷的故事。

03.“陨落”

2017 年 4 月 27 日早上 10 点，当林奕含的丈夫 B 忧心忡忡、十万火急地赶到他们曾经一起居住的家时，为时已晚。于凌晨两三点上吊的林奕含早已气绝，留下满满一纸对亲友的道歉与告别。

这时，B 与林奕含已协议分居一个多月。尽管结婚并不久，但两人的相处已经因为她的病情而遇到严重困境。林奕含曾向媒体透露，她的病情使她无法感到真正的幸福。在警局里情绪崩溃的 B 当时也非常自责。

根据调查，事发前一两天，林奕含曾与一个作家朋友和一个大学同学见面。他们一个告诉警方，林奕含当天并没有异状；另一个则说，患有精神疾病的林奕含常常有轻生的念头，而见面的这一天，林奕含也向她表达过要自杀。

就在大家把林奕含的死归因于抑郁症时，林家父母于林奕含去世的第二天发出声明，指出了真正的原因：“林奕含这些日子以来的痛苦，纠缠她的梦魇，让她不能治愈的主因，不是抑郁症，而是发生在八九年前的（被老师）诱奸。”

声明还表示，《房思琪的初恋乐园》是林奕含年轻时被补习班名师诱奸后，令她痛苦忧郁的真实记录和心理描写。书中的思琪、晓奇和怡婷的遭遇，都是女儿一人的亲身经历，她为了保护父母和家庭，才分开来写。

04. 狼师陈国星

“诱奸”这个字眼震惊了大家。谁是这个狼师？谁间接害死了林奕含？

但声明里并没有说这个狼师是谁。根据书里的描述和林奕含的生活背景，网友们展开人肉搜索，很快锁定了陈国星，并登出照片。

陈国星是靠补习名利双收，据报道身价上亿的国文老师。多年来，他以“陈星”之名混迹于台湾的补习界，有“北吴岳南陈星”之称，更自命为“补教界的马英九”。

毕业于台湾大学中文系夜间部的陈国星，在补习班的招生网页上却写着毕业于中山大学文学研究所。2017年5月2日，他被网友公开质疑学历的真实性，因为台湾博硕士论文系统中找不到陈国星的论文。隔天中山大学表示，陈国星的确曾考上该校中国文学系硕士班，但后来被退学。

陈国星与其妻子创立的“日创社文化事业公司”十多年来每投政府标案几乎必中，承包的政府采购案总额超过三亿元台币。这件事遭到员工以及台湾地区民意代表等人投诉，但最后因缺乏证据而结案。

在林家父母发布声明，指出诱奸事实后，陈国星在桃园、台中、台南三地的补习班立即全部停课，人也销声匿迹。

对社会的指责，他似乎丝毫不为所动，直到林奕含死后第十二天，他才通过补习班发布了一份声明。媒体这么形容陈国星的回应：“曾与林奕含交往两个月。”

在声明中，他否认自己是狼师，宣称林奕含在认识他之前就得了抑郁症。他们交往了两个多月，那时他们并非师生关系，林奕含也已满十八岁。而对这段婚外情，他的妻子已经选择原谅。

台南地方检察署在多位民众的提告下，开启了对此案的调查。一段时间后调查结束，结果是“无具体犯罪事证，为不起诉处分”。这个调查结果引起舆论争议，或者说是群情激愤。市议员、台湾地区民意代表等都出面谴责。关于这个调查结果，后文会再次提到。

8 月 23 日，陈国星在得知这个结果后，取消原本要召开的记者会，发布第二份声明。这第二份声明更被各界人士漫天炮轰。陈国星用“哀矜勿喜”来回应不起诉处分，资深音乐人及两性作家许常德说：“这四个字真让人呕吐，原来他是要开一个终于清白了的记者会。”

所以，陈国星采取的策略是先躲起来，静观其变，同时向熟悉法律者讨教如何回应，从而撇清关系，以求先保住自己的地位，不被起诉。确定不会被起诉后，陈国星自然放心而且开心，但是碍于众怒难犯，所以必须表达“哀矜勿喜”。

媒体报道指出，替他撰写第一份声明的两个律师不敢署名，怕引起众怒，受到社会谴责。但陈国星提供不实资料以求自保，还诋毁林奕含，对林家没有一丝歉意。

05. 扑朔迷离：两人的关系

尽管这件事影响的层面广又深，但一开始，大家的关注都聚焦于能不能将陈国星绳之以法。由于这个被媒体及评论称为“间接凶手”的补教名师仍然在执业，阻止下一个房思琪的出现便是当务之急。根据书里的描述，以及林奕含受访时的回答，诱奸女学生不是特例，而是补习班老师们长期的、有计划的乐趣。

但这也是此事件最大的争议：陈国星到底有没有诱奸、性侵林奕含？这件事看似罪证确凿，却因林奕含无法亲自指证、陈国星狡猾规避、林家父母因故不提告等理由留下被质疑的空间。

林奕含和陈国星的关系必须回溯到两个人在台南同心补习班的相遇。在时间点以及其他细节上，林家父母与陈国星的说法却大有出入。

陈国星宣称，他与林奕含相识于 2009 年 2 月。当时，林奕含高考考了满级分，补习班的招生主任安排林奕含和陈国星拍照留念，以作为招生广告用于宣传。接下来几个月，林奕含与一群资优生参加补习班安排的加强辅导课，两个人在这段时间的互动仅止于课堂上见面，并无私下往来。

当年 7 月，林奕含主动联系他，表示要到台北美术馆看展览，希望老师陪同。这时林奕含已经毕业，所以与陈国星已经没有师生关系。8 月初，林奕含搬到台北准备进入大学，两个人开始交往，并频繁联络。

陈国星还主动提供给检方一百二十八页手机通信记录，证明他与林奕含在 2009 年 8 月到 10 月之间联系频繁。

林家父母在 10 月得知两个人交往，并要求他们分手。双方约于台北的喜来登饭店谈判，到场的有六个人：林炳煌夫妇、陈国星夫妇、林奕含以及闺密“世世”。在这场会谈中，林家父母厉声指责陈国星“为人师表却不知伦理，连未经世事的女学生都不放过”。

至于林奕含到底是什么时候罹患抑郁症的，陈国星说：“我认识林奕含时，她早已患病。现在回想，她那时常常快乐不起来。”

根据这个说法，两个人的关系是你情我愿的婚外情。当时林奕含已满十八岁，两个人不是师生关系，也就没有道德包袱。既然他们已分手，她的自杀也就与这段关系无关。

林家父母却坚称陈国星以老师身份诱奸林奕含，还提交了部分反驳陈国星供词的资料。但是，尽管检方要求，林家父母最终仍决定不提供女儿遗留的个人日记、手札文件与电脑等私密资料来协助调查（以下会再讨论）。

同时，很多网友热心地整理林奕含写了数年的博客以及社交媒体的帖子，挖掘了很多相关资料，与林家父母提供的部分一并整理如下。

陈国星与林奕含的第一次性关系发生在林奕含高二那年暑假。2008 年 8 月 11 日，陈国星约她到台北美术馆看展览，却带她到自己的小公寓，强行占有了她。

事后林奕含反复地思考该怎么办。如果她报警，必然会闹得很轰动。为了顾及父亲的社会地位，她最后决定“与其成为一件社会新闻，不如演一场不轨的悲剧”。

陈国星还带着林奕含以及闺密去见另一个名为“培培”的小女朋友。陈国星对林奕含说“我爱你，但我也爱培培”，要求林奕含接受培培的存在并爱他。

林家父母称，就是培培事件使得女儿的病情更加严重。而且，这一年林奕含十七岁，尚未成年，与陈国星仍是师生关系。

根据媒体报道，喜来登饭店的那场谈判中，陈国星的妻子谢如玉怒斥林奕含“都知道陈老师有老婆了，为什么还爱上陈老师”，并要求林奕含下跪认错。陈妻威胁林奕含要控告她妨害家庭，扬言“若事情闹上法院，吃亏的还是林奕含”。

而林家父母为了保护女儿，忍气吞声。据说此事导致林奕含崩溃自杀，2009 年 11 月 25 日，她因自杀住进台大医院。

林奕含的健保资料显示，她于 2008 年 12 月（高三上学期）就曾就诊。从十八岁到二十岁，林奕含每年自杀一次，共三次。

更有媒体报道，林炳煌与陈国星曾是好友，而陈国星的女儿与年纪相仿的林奕含从小就是玩伴。林奕含升高中时，自然就被林父送到好友开设的补习班。

这个说法更接近《房思琪的初恋乐园》中的情节。在书里，补习班国文老师李国华一家人与房家一家人同住一栋大楼，常常见面，熟得很。林奕含和陈国星的接触机会非常多，而李国华就是假借为房思琪补习作文而诱奸且长期性侵她的。

06. 读《房思琪的初恋乐园》

翻开书的封面，扉页写着“改编自真人真事”。林奕含在受访时曾说：“这个故事折磨、摧毁了我的一生。”

她声称高二那年发生了两件事使她的生命停滞，一是“房思琪”的故事，二是精神病。这两件事有关联吗？她与陈国星第一次发生关系是在高二那年暑假。高三上学期（同一年的下半年），她的健保资料里有就诊记录。

《房思琪的初恋乐园》一书可以更深入地解释事情的来龙去脉吗？诱奸如何发生，林奕含为什么做了如此决绝的决定？甚至，这个文本能不能揭露并指证陈国星的恶行？

《房思琪的初恋乐园》可以简单概括为一个老师利用职权诱奸、强暴、性虐待女学生的故事。

书里，房思琪和刘怡婷是十三岁的初中学生，两个人是邻居，也是形影不离的闺密。同住一栋楼的还有补习班国文名师李国华一家人。少女情怀的思琪和怡婷也如其他许多女学生一样，仰慕文采斐然的李国华。借着给两个人补习作文的借口，李国华长期诱奸、性侵思琪。思琪得不到家庭以及怡婷的理解与帮助，最后进入精神病院。

书里还有两名女性受害者，分别受到其他男性的威胁、暴打和虐待。大家应该还记得，林家父母在声明里曾说，这些都发生在林奕含身上，可能是同一个人对林奕含所为。

林奕含死前八天录制了一段专访视频，主要回答关于创作这本书的心路历程以及写作过程的问题。穿着粉红上衣的她端坐着，在长长的独白里，她轻柔的语气承载着很多情绪，包括痛苦。

我读完了《房思琪的初恋乐园》，也看了这段视频，我觉得困住林奕含的是一个能谈诗说词的人，怎么能怀着恶毒的意图做出丑陋的行为？

林奕含在一次采访中说："我一直相信读李杜诗的人，一定会是好人。"

她认为，作为艺术形式之一，文学的真、善、美不仅存在于作品里，也应该被创作者实践。所以，一个谈诗的人，那优美的语言承载着真挚的情感以及崇高的心志，这是五千年来"诗言志"的中华文化传统。但是，像李国华、胡兰成这些非常擅长中文这种"诗的语言"的文学人，怎么能够背叛这个传统？

"诗言志"的概念是古代文人对诗的本质的认识，对它的探讨可以追溯至《诗经》与《左传》。这么长的历史传承，各人理解不尽相同，所以内涵丰富。简单地说，它主要是指诗应该表达人们的志向和愿望。

林奕含说"人言为信"，她认为真正的文人说出来的话应该是可信的，因为背后有"千锤百炼的真心"。但是，李国华用一种非常粗鄙而残暴的方式破碎、毁灭了她的信念。

在书里，李国华饱读诗书，唯美的（我只觉得恶心）情话信手拈来，什么"我在爱情里，是怀才不遇"（意思是只有你才懂我）。但是这些情话既不真也不善。李国华对思琪说，这是老师爱你的方式，然后把生殖器塞进她的嘴里。

李国华用高度艺术化的话术去欺骗、强暴年幼者，同时夺去思琪身体以及灵魂的纯真。

这是林奕含痛苦的原因。她问道：那么，是不是所有的艺术都只是某种形式的巧言令色，无关"真"与"善"？她对文学的信仰已崩塌，而那样的巧言令色还继续着。2014 年，林奕含巧遇带着另一个女学生的陈国星，她看到了另一个"房思琪"（就是这件事使林奕含发病，无法参加先前提到的那个政大期末考）。

在一次采访中，林奕含这么形容写作这本书的痛苦与煎熬：

“精神病发作很严重那段时间，我有半年无法识字，打开书字就像蚂蚁一样，我看不懂，很痛苦。失语，没有办法讲话。我在思考读文学的人真的会做出这样的事吗？他误读了吗，他读错了吗，他没有读到心里？我终究必须相信，文学让我幻灭。我长年以来用来锻造我的尊严，我引以为傲的、让人赞叹的，我自己会有些得意、自己以为有点思想的那个东西，竟然，会变成这个样子，我真的非常痛苦。”

07. 林奕含的努力与障碍

林奕含写这本书有两个目的：第一，公布诱奸的事实，以预防未来出现更多受害者；第二，阻止诱奸者，让他得到制裁。

她在专访里说，写作是欲望，这个故事必定得让人知道，而且不仅仅是让人知道，她希望制止“李国华”们的行为。

所以，林奕含并没有从书的畅销中得到成就感，因为她的目的并没有因书的畅销而达到。

她说道：“我就是一个废物。为什么？书中的李国华，他仍然在执业，我走在路上还看得到他的招牌。他并没有死，他也不会死，然后这样的事仍然在发生。所以没有什么成不成功的。”

林奕含期待每一个读了这本书的人都能感受到房思琪的痛苦。“当你在阅读中遇到痛苦，我希望你不要认为‘幸好是小说’而放下它，我希望你与思琪同情共感。”

林奕含希望提高、加深大家对性暴力的认识，开始关注身旁的房思琪们，并阻止这样的事继续发生。

其实，这些年来，林奕含曾经做了很多努力，向外求救，试图走出困境。

但从她得到的回应可以看出，高墙一直都在。

一如蔡文宜的书评所指出的：任何关于性的暴力，都是整个社会一起完成的。从林奕含事件可以看出，台湾社会对性的禁忌造成的性教育缺失，展现在个别的家庭教养以及整体的社会文化氛围中。

在书里，思琪告诉闺密怡婷，她和老师在一起了，得到的是愤怒且鄙夷的回应，认为她不要脸。

思琪也曾试探性地跟妈妈说学校里有老师和其他同学发生关系，没想到妈妈却说了一句："这么小年纪就这么骚。"她从此再也不提这件事。

思琪对妈妈说："我们的家教好像什么都有，就是没有性教育。"得到的回答是，性教育是给有需要的人的。于是，性教育的缺失间接给了加害者犯罪的机会。

或许无法求证书里的这些场景是否实际发生于林奕含和她的母亲之间，但不可否认，这些想法确实广泛地存在于我们的家庭以及文化里，而且被认为理所当然，无须探讨。

但是，这种家庭教养培养出了被加害者利用的自尊心。书里有这样一段话："最终让李国华决心走这一步的是房思琪的自尊心。一个如此精致的小孩是不会说出去的，因为这太脏了。自尊心往往是一根伤人伤己的针，但是在这里，自尊心会缝起她的嘴。"

在这种自尊心的作用下，在试着告诉母亲、闺密都没有结果的情况下，房思琪（林奕含）产生了斯德哥尔摩综合征。这是受害者对犯罪者产生情感，甚至反过来帮助犯罪者的一种情结，这种情结造成受害者对加害者产生好感、依赖性，甚至协助加害者。

这是一种自我保护机制。书里这么写："我要爱老师，否则我太痛苦了。"林奕含说道："这绝不是一本控诉的书，而是一个爱上诱奸犯的故事。"

这就是为什么林奕含在人前称陈国星为男友，为什么在她的书写里所有的文字都没有提到性侵，为什么闺密们大多不知道她被陈国星性侵。

但是，这也成为最大争议点，以及司法调查不起诉结果的主要原因之一。“爱上了性侵你的诱奸犯”在法律观点里是矛盾的。

除此之外，林奕含也曾试着在网络上求助。她以假名上网控诉，却被网民以小三之名辱骂。她公开自己的经验，寻找类似遭遇者。她也曾想提告，却被陈国星糊弄、威胁、阻止。

最后，她还向妇女团体求救。根据媒体报道，当林奕含得知陈国星一直用相同手段诱拐“房思琪们”，她曾试图以法律制裁，借助团体的力量来阻止他的行为。她通过网络搜集到同样遭受陈国星诱拐的女学生资料，并向妇女团体咨询。

2014 年 5 月 23 日，在台湾电子布告栏上，有一个标题为“× 心补习班不伦，请帮转”的求救帖子，发帖者署名“小杯”。帖子内容跟林奕含的经历是雷同的：一个跟“× 心补习班”教国文的名师在一起的女学生，分手后痛苦不堪，为此付出极大代价，罹患精神病症，并因此而受尽轻视。

小杯希望有类似经历的同学联系她，联手打倒这些以诱骗少女为乐的狼师。小杯恳请大家帮忙转发帖子，并口下留情，不要贴以“小三”的标签加以攻击。

这个现在还看得到的帖子很可能是林奕含发出的。帖子后面还注明了“欢迎记者来抄”，可以看出她坚定的决心及意图。

根据林家父母的声明，林奕含曾告诉父母，还有另外三个受害者，只是为了保护她们，林奕含从未向他们透露这三个人的身份及姓名。

很有可能就是这个帖子让林奕含联系上这三个女学生。在得到她们的资料和同意后，林奕含开始采取行动。

2014 年，林奕含和当时还是未婚夫的 B 到援助妇女基金会向律师咨询。没想到，他们却碰了个钉子。基金会人员表示“缺乏女学生遭性侵事证”“如何证实女学生是遭胁迫被性侵的”，而且“年代久远，难以立案”。这些说辞让林奕含感到沮丧，于是她放弃寻求法律途径。

在这种情况下，写《房思琪的初恋乐园》似乎是最后一条路了。

这本写了一年多的书，让林奕含付出的代价是每天长达八个小时的情绪崩溃。她说，她只要一开始写就会想起曾经发生的往事，进入崩溃的状态。她每天反复地在咖啡厅哭，边掉泪边写作。

08. 司法调查结果

法律对陈国星和林奕含关系的解读是“合意交往，非犯罪”。

陈国星认识林奕含时，林奕含已满十六岁。与十六岁以上者发生性关系，多数情况是不合理，而非不合法，除非加害者胁迫、利用权势以达到性侵目的。

而陈国星是否利用权势胁迫林奕含，由于举证困难（举证方为林家父母），现有证据并不足以证实。尽管《房思琪的初恋乐园》一书改编自真人真事，但作为一个文本，它并没有法律效力。而且，林奕含对他人称陈国星为男友，对陈国星是有爱的。就法律而言，这就更不构成性侵了。

所以，这个调查结果很多人事先就预料到了。只是，尽管法律原本就是社会规范的最低道德标准，经常无法代表、伸张正义，但这个结果仍然让许多人难以接受。

09. 好友美美的反击

林奕含的好友美美无法接受这样的调查结果。2019 年 7 月，她在网络上通过直播，公布三项她在调查期间曾经提交给检方的证据，来反驳检方“合意交往”的解读，并指控陈国星是诱奸犯。

美美说：“林奕含曾经两次比较明确地跟我表达遭受诱奸。”

第一项，2015 年 6 月 5 日，林奕含曾以短信的形式发了“小森的故事”给美美。“小森的故事”用第三人称明确写下不止一次被性侵的过程，也曾被发给很多人，包括判决书里提到的那两个闺密。美美曾用这条短信的内容去询问她们，为什么不承认。

第二项，2016年8月11日，美美收到林奕含的短信。短信里，林奕含表示感到很不舒服，要美美去查“台大补习班的一个陈姓老师”。同时，她又问美美：“如果写信叫他不要去伤害小女生、不要再教书，他会不会听进去？”最后林奕含觉得陈姓老师不会理会她，所以没写信，也没去找陈姓老师。

第三项，林奕含在寻短见前也曾经发了一条短信给美美，内容是“I wish so much that I was killed the first time I got raped”（我好希望在第一次被性侵时就被杀死了）。

部分人认为，仅仅靠《房思琪的初恋乐园》一书无法认定现实事件，包括陈国星的女儿都曾公开发表过这样的言论。但美美反驳道，林奕含在书的后记已经脱离书的创作领域，写下她与精神科医师的对话：

“我怕消费任何一个房思琪。我不愿伤害她们。不愿猎奇。不愿煽情。我每天写八个小时，写的过程中痛苦不堪，泪流满面。写完以后再看，最可怕的就是：我所写的、最可怕的事，竟然是真实发生过的事。”

10. 无力的父母

整个事件前后，林家父母发布了五份声明，多次呼吁预防下一个房思琪的出现。但对是否采取法律行动，他们的前后立场并不一致。他们曾经宣布将全力配合检方调查，用余生替女儿讨回公道，但最后低调决定不对陈国星提起告诉。

当年林家父母没有提告，是因为陈妻扬言要控告林奕含妨害家庭。社会大众不能理解，为何林家父母仍然不愿提告？

首先，林家父母和女儿更希望着重于预防未来出现新的受害者，而不是让陈国星坐几年牢，之后什么都没有改变。林家父母曾说过，未来将以此为目标成立一个基金会。

同时，林父的好友，台湾地区民意代表王定宇透露，林父曾哭着对他说，他还有活着的人要保护，表示下此决定是逼不得已。林父指的应该是林奕含的哥哥。

据媒体报道，陈国星和其妻子两个人背后都各自有"强硬的后台"。林医师即便是地方士绅，也有顾虑，这表示对方确实有权有势。

也有报道指出，有一群"水军"在替陈国星洗白，转变舆论风向。林奕含的好友美美在直播前曾与林父通过电话。林父称，他真正在意的是被列在维基百科上的论述，因为会被当成事实。但目前网络上散布着许多非事实的信息，定义陈国星与林奕含是"合意交往"。

11. 后续

林奕含事件后，台湾社会有什么改变吗？

首先，通过了《补习及进修教育法》，补习班包括教师在内的所有职员都必须使用真实姓名，并上呈经查刑事记录等文件让地方主管教育机关核准，外籍教师则必须提供其母国所开具的行为良好证明文件。

台湾还于 2020 年 5 月通过"通奸除罪化"，也就是废除台湾地区刑事犯罪有关规定的第二百三十九条的"通奸罪"。这项"房思琪条款"背后的逻辑是司法不该介入私人关系。在林奕含事件中，林家父母担心女儿被陈国星妻子控告妨害家庭，导致不敢控告狼师诱奸性侵的遗憾，未来将不再发生。而且，通奸罪使女性受刑人的数量远高于男性，造成实质不平等地压迫女性。

林家父母的声明曾指出，还有其他三名受害者。尽管社会大声呼吁这些受害者挺身而出指控陈国星，因为这是唯一能使陈国星接受法律制裁的方法，但始终没有人站出。

2019 年 4 月，微博网友爆出陈国星以“陈艺”之名，在福建福州的一飞教育培训学校开通“陈艺国文”线上课堂直播授课，引发舆论争议。福州市教育局介入调查此事，并要求一飞教育培训学校关闭此平台。

最后，我还想说，尽管林奕含做出了自杀的选择，但我认为她是热爱生命的。她遭遇不幸，却为了改变现状，也为了给弱势群体提供些许帮助，而忍受着内心折磨将不堪回首的往事记录下来。尽管在这一过程中被道道高墙阻碍，但她没有放弃。对人生与世界，她始终怀抱着美好的坚持。

（作者：知更鸟）

2

看不见的凶器
——香港中大教授瑜伽球杀妻案

此案的法官称："一个受过高等教育的成功男人，
竟然通过这样的算计来摆脱他的妻子，这太令人震惊了。"

想象有一天，你一如往常开车去工作。匆匆忙忙出门后，你打开车门，把包往车里一丢，坐上驾驶座，然后启动车子。

你踩下油门，车子缓缓前进。几分钟后，你觉得有点不对劲，感觉车里有点闷，好像吸不到空气，而且有点头晕。你以为还没睡饱呢，于是深深地吸了一口气，结果却失去了意识……

一个总是笑脸迎人的高智商医生教授，为了摆脱妻子，假借科研之名，用一年的时间策划了一起自以为天衣无缝的谋杀案，导致妻子和女儿都在车上身亡。看不见的凶器，笑里藏刀的枕边人，令人毛骨悚然的作案过程。

他差一点就杀人于无形，逃脱法律惩罚。幸亏办案人员抽丝剥茧，才一步步还原真相。

2015 年，发生在香港的这样一起案件，经过三年的调查，才逐渐被完整披露。

01. 幸福快乐的家庭

在车上失去意识的这对母女是黄秀芬和许俪玲，与家人同住在香港马鞍山西沙路大洞村。在地狭人稠的香港，马鞍山是豪宅林立、以一流海景著称的高级住宅区，而许家就住在其中一栋带花园和停车位的三层楼房里。

许家六口于 2010 年搬到此处。他们是许金山、妻子黄秀芬、正在马来西亚的大学攻读医科的长女许美玲、就读于马鞍山启新书院的次女许俪玲、三女儿卡莉和小儿子迪迪。

许金山是马来西亚人，任职于香港中文大学医学院麻醉及深切治疗学系，同时在香港沙田区威尔斯亲王医院任名誉高级医生。

1988 年，他毕业于英国伦敦大学医科，在取得医生执照期间认识了当时是护士的黄秀芬。婚后不久，长女许美玲出生，一家人于 1996 年移居香港。

这是一个看上去令人羡慕的家庭。爸爸工作稳定受人尊敬，儿女学习优秀，妈妈专职照顾一家人的生活起居，没有经济压力，一家人和乐融融。

02. 一氧化碳中毒身亡的母女

2015 年 5 月 22 日一件变故的发生，永远地改变了这家人的生活。

这天下午 2 点左右，黄秀芬驾驶一辆亮眼的黄色迷你库珀，载着那天学校放假的许俪玲离家外出。

下午 3 点 35 分，刚下班的女护士汤玉玲在西沙路上跑步时，一眼就看见这辆停在西澳村公交站的车，以及车子前座的两个人。她以为两个人只是在车内小憩，便没有停下脚步。

约四十五分钟后，她折返时又在原地看到那辆车。当时并没有下雨，但车子风挡玻璃的雨刷一左一右地来回摆动着。

她好奇地走近一看，车上的两个人似乎已失去知觉。驾驶座上的妇人头向后仰，嘴微张开，双手垂下。而副驾驶座的少女头侧向一边，靠着车窗。她立刻报警。

警员到场后打破右尾门车厢玻璃，将母女抬出车送去医院抢救。不幸的是，当天下午 5 点 30 分，两个人最终因抢救无效死亡。

抢救这对母女的恰好是许金山任职的威尔斯亲王医院。正在进行手术的许金山得到消息后立刻匆匆赶到急症室，却只看到妻女的尸体。

03. 毒气的来源

调查几乎一开始就陷入胶着状态。

车子被发现时，车头靠左偏离巴士站，看起来像临时起意，突然停车。但到底是为了什么而停车呢?

她们的家距离停车处现场约 1.4 公里，大约是三分钟的车程，这么短的时间与距离，在途中自杀和他杀都不太可能。

两个人完全没有外伤或自杀的迹象。警方搜遍全车也没有找到任何可疑工具，仅在后备厢里发现一对网球拍、一块帆布以及一只扁塌的银灰色瑜伽球。

邻居向警方指出，母女一家人关系融洽，而且事发前自己曾与她们见面及通电话，两个人并无异样。

法医验尸报告显示，两个人的死因是一氧化碳吸入过量。黄秀芬血液中的一氧化碳浓度超过正常水平五十倍，而许俪玲则是四十倍。两个人血液中一氧化碳浓度的不同是个人体质差异造成的，可一氧化碳是哪里来的?

是行进中的车子释放出过量的一氧化碳导致两个人死亡吗？警方把整辆车吊起来检查，排除了这个可能性。而且，这辆车在那个月的月初才刚维修过，车况相当良好。

排除这个可能性后，现场就是找不到任何线索。毒气来源成了一个谜，使得这一离奇案件轰动全港。

苦思了半年的警方，重新注意到后备厢内的那个泄了气的瑜伽球，开始了两年多的追查和科学鉴定，包括重新对车内所有物件进行检验。

对检验结果，媒体报道有两种说法。一种是那个扁塌的瑜伽球里检验出了残留的一氧化碳；而另一种说法是，这个瑜伽球里并没有检验出任何可疑物质。

04. 疑点与调查

在香港，一氧化碳是被法规管制的，而本地并没有生产。警方调查了香港所有订购一氧化碳的公司，发现一家名为“香港氧气有限公司”的公司在2014年10月收到一封询问一氧化碳价格的邮件，邮箱地址包含“khaw”这四个字母，恰巧与许金山的英文名相同。

同时，警方还发现，2015年4月8日，威尔斯亲王医院订购了6.8立方米纯度99%的一氧化碳，装在一个成人高度的气樽里，收件人是中大助理教授周昊翘。发票数据显示，这瓶一氧化碳花费了上万美元。

警方循线追查，有了更多的发现。2015年5月，周昊翘曾协助许金山做实验，包括订购气体及检测仪器。

周昊翘告诉警方，他只是按照许金山的指示订购实验所需要的气体，而实验内容细节他并不清楚。周昊翘还称，在案发前两天，他看见许金山将两个瑜伽球注满了一氧化碳，接着带离实验室。当他询问时，许金山答道，这是为了让朋友检查气体浓度。

警方抽丝剥茧地慢慢拼凑出了一个轮廓。

2017年9月，案件发生两年多后，许金山以谋杀罪的罪名被逮捕。检方认为，许金山借用学校科研之名购买一氧化碳，接着用瑜伽球把毒气带回家，毒杀了妻子和女儿。

05. 控诉与辩解

灭鼠说

到案说明时，许金山承认在瑜伽球内注入一氧化碳，但声称带瑜伽球回家是为了杀死家中横行的老鼠。

许家家里有老鼠吗？许家的印佣西蒂·梅萨罗称，她在许家工作了五个月，从没见过老鼠，不过许金山曾告诉过她，家中养的两只猫是用来抓老鼠的。而许美玲说，家中确实有老鼠，有时家里人还会买捕鼠夹来抓老鼠。

无论如何，老鼠总不会溜进迷你库珀吧？

案发前一天晚上，西蒂·梅萨罗看见许金山带着一个瑜伽球回家。那天晚上，她没看见任何人用过那个球，更没想过那个球里装的竟是一氧化碳。

至于那个瑜伽球是怎么出现在车上的，西蒂·梅萨罗称，她没有看见许金山把球放进迷你库珀后备厢。但是，她很确定黄秀芬和许俪玲上车时并没有带上瑜伽球。

而家里有车子钥匙的只有许金山和黄秀芬两个人。

自杀说

许金山称，他不知道案发当天瑜伽球为什么会在案发车里。他认为有可能是许俪玲放的，“或许是许俪玲想要自杀”，因为他和妻子在课业上给女儿施加了太多压力，或是女儿和妻子可能发生过争执。他说，许俪玲是家中除他之外唯一知道瑜伽球内有一氧化碳气体的人，而他还向许俪玲警告过其致命的危险性。

许俪玲自杀的可能性很快就被许美玲反驳了。她回忆道，妹妹精神“活泼自由”，而且非常关心周围的人，没有自杀倾向。学校老师和同学们也表示，许俪玲非常快乐，有很多朋友，而且学习优秀，不像承受着沉重的学业压力。

通常人在自杀前会有一些征兆，但许俪玲一点征兆都没有。至于黄秀芬，由她后来被发现的日记（稍后将谈到）来看，她也没有。而且，如果她们其中一个有自杀的意图，极不可能带着对方一起。

实验需求说

许金山进行的是什么实验，为什么会需要一氧化碳这样的毒气？

那是一个呼吸系统测试，目的是研究如何抢救呼吸系统受损或中毒的动物。实验的步骤是先从兔子身上抽取血液样本，将样本与一氧化碳结合后，再注射回兔子体内。

香港大学的学术人员指出，类似的实验已有人做过，而且实验结论并不适用于人类。所以，这个实验就临床而言并没什么用处。

检察官告诉陪审团，许金山发起了一个无价值的研究项目，目的是为了得到他谋杀所需的一氧化碳。

许金山供称，他没有在妻女死后主动提及自己曾往瑜伽球内注入一氧化碳，是因为他担心如果他被逮捕，家中就没有人可以照料孩子们了。

“我为我的胆小懦弱感到羞愧。”他称，“当时许多人都说，（害死妻女的）一氧化碳是车子释放出来的，有了这个方便的借口，我就试图隐瞒（瑜伽球的事）。”

警方在许金山家二楼的书房抽屉里找到一个瑜伽球气塞，而案发车上那个扁塌的瑜伽球，警方却遍寻不见气塞。

当被问到这个气塞是不是杀人凶器上的气塞时，许金山最初回答：“我觉得是。”接着又说，他曾把家中三个瑜伽球的气塞弄混。

尽管后来判决已定，但许金山始终没有认罪，所以很多细节至今仍是一团迷雾。

06. 是谁把瑜伽球放到了车里？

许家的地下室有一个锻炼区，摆了三个瑜伽球：黄色、蓝色、银灰色各一。2006 年，夫妇俩购入两部私家车，案发的那辆黄色迷你库珀和一辆黑色丰田七人座私家车。许金山大多驾驶黑色丰田，有时也会开迷你库珀，而黄秀芬大多是驾驶迷你库珀。两部车的钥匙两个人都有。许金山称，迷你库珀的钥匙他通常不随身带着，而是放在家里。

5 月 19 日，许金山在家里把两个充好气的瑜伽球放气后折叠好，并带到实验室。

5 月 20 日，许金山在港中大进行实验后，将剩余的一氧化碳灌满两个瑜伽球，接着把两个球放在他的黑色丰田车里。可当天他没有回家。

5 月 21 日下班后，他发现放在车上的瑜伽球之一漏了气，便将其完全放气后开车回家。当天下午，他驾驶妻子的迷你库珀去打网球，约晚上 7 点回家。

5 月 22 日案发那天早上约 7 点 30 分，黄秀芬开迷你库珀载卡莉和迪迪上学，约 8 点 30 分回家后，在花园里待到 10 点左右才进屋。

下午 2 点多，她再次驾车与许俪玲一起离家。据报道，公交司机在 2 点 25 分左右发现那辆迷你库珀停在公交站。

黄秀芬在上午 10 点仍然活动正常，这表示瑜伽球可能是在上午 10 点到下午 2 点之间被放入后备厢的。或者是，瑜伽球早已被放入，但是在上午 10 点到下午 2 点之间才被拔出气塞，以释放一氧化碳。毕竟夫妇二人都有锻炼的习惯，瑜伽球的出现并不可疑。

那上午 10 点到下午 2 点之间，许金山在哪里呢?

庭审时，许金山称，这天早上他不用上班，约 10 点起床后在屋外喝咖啡，中午离家。这表示，他完全有时间在起床后出门前把瑜伽球放进车里。

如果他趁着喝咖啡的时候或中午出门前拔掉瑜伽球的气塞，球里的气体将会在三十五到四十分钟后完全排出，这么一来，车窗紧闭的车里将会充满纯度 99% 的一氧化碳。

黄秀芬和许俪玲上车时不会有任何警觉，因为一氧化碳无色无味。

这种有毒气体在含碳物质不完全燃烧时就会产生。当空气中的一氧化碳浓度为 0.08% 时，人体吸入两三个小时后会昏迷；而一氧化碳浓度为 1% 时，数分钟内人就会死亡。一个直径六十五厘米，灌满了纯度 99% 的一氧化碳的瑜伽球，可以杀死整个法庭上的人。

就算许金山有机会犯案，那作案动机呢？他为什么要置妻女于死地？

07. 动机因素一：婚外情

检方称，许金山的婚外情是主要动机。

2004 年，马来西亚籍的李泳怡进入香港中文大学攻读博士，成为许金山的指导学生。2004 年到 2005 年，李泳怡持续到许家给许美玲和许俪玲补习中文。许金山与李泳怡后来发展为情人关系。

根据许金山的说法，他与李泳怡的关系发展是因为与妻子的疏离。大约从 2008 年开始，夫妻俩的感情逐渐疏离，对孩子教养方式的分歧以及许美玲罹患再生障碍性贫血带来的压力，使得两个人的沟通变得困难。与此同时，他发现李泳怡更适合他，而且两个人情投意合。

但是，与李泳怡的婚外情足以构成许金山谋杀妻子的动机吗？

不足够，许金山的律师坚称，因为这段关系是一个“公开的秘密”。许金山的部分家人、朋友确实都知道这段婚外情。

许金山曾把这件事告诉他的朋友。许美玲早在 2012 年就怀疑父亲和李泳怡的关系不寻常，并从父亲口里得到证实。在 2013 年夏天一次烤肉聚会时，黄秀芬也从一个朋友那里得知这件事，并在之后向她的闺密冯性友人诉苦，而冯早在 2007 年就见过李泳怡。

而许俪玲在 2014 年曾告诉一个牛姓同学，父亲与女朋友去泰国旅行。她们可能没有告诉弟弟妹妹，觉得他们还小，不能理解这种事。

许金山在学校和医院里的同事、学生们很有可能都知道这个已经不算是秘密的秘密。

更何况，根据许美玲和许金山的供词，黄秀芬在案发一年前已经开始慢慢接受这件事。

既然黄秀芬已接受，这件事对外也已半公开，为什么许金山还要狠下毒手呢？离婚不是更容易些吗？这还要从许金山和妻子的感情、与孩子的关系来了解。

不快乐的丈夫、想挽回的妻子、夹在中间的女儿

媒体形容许金山看起来“连一只苍蝇都不会伤害，而一头乌黑点缀着灰白的乱发，伴着男孩似的脸庞，就像个平易近人的酷爹”。在好几张案发前的照片里，他戴着眼镜，略显文气，总是笑容满面。

许金山事业成功，是个自律且自我要求高的人。据报道，他发表的学术论文超过五十篇，平日也参加很多学术会议。

这种自律的个性也体现在他坚持锻炼以及养生饮食的习惯上。喜欢打网球的他，曾在教职员联谊会球赛中取得单打和双打比赛季军。许美玲说，她的父亲在七八年前彻底改变了饮食习惯，从此只吃蔬菜和豆腐。

同时，许金山内敛谨慎，不常流露感情。2016 年 5 月 12 日他被讯问时，还冷静地阅读了翻译成英文的口供，并加以修改。

但是我们也可以感觉到他对儿女的感情。案发后，许美玲形容她“从未见过父亲如此伤心大哭”。庭审时，当许美玲讲述家中的日常、与父亲的相处状况时，许金山时而微笑，时而落泪。听取判决后沉默的许金山，在离开犯人栏时深深凝视哭泣着的儿女们。

不过，在法庭上，除了儿女之外，几乎所有出席做证的家庭成员都做出了对许金山不利的证词。在他们的描述里，许金山是一个为了邪恶的目的而谋杀

妻子和孩子、人性泯灭的恶棍。

黄秀芬的姐姐说，许金山性格善于操纵、工于心计。他相信“只要不被发现，你做什么都不算错”。这份证词似乎跟许金山的坚决不认罪颇为一致。

可许金山得到三个孩子的支持。许美玲提供的证词都是有利于父亲的，包括他的婚外情。许美玲说，刚开始她确实感觉被背叛了，后来就慢慢能够理解父亲的行为，只是为母亲觉得伤心。在法庭上，他们完成做证后，向法官要求留下来支持父亲。

事业有成，被儿女的爱所围绕，尽管许金山的人生看起来令人羡慕，但他的婚姻生活并不快乐。

貌合神离的婚姻

许金山与黄秀芬的感情大约在 2008 年就开始降温，在 2011 年至 2013 年坠落至冰冷的谷底。

年轻时曾在英国担任护士的黄秀芬，回到香港后成了家庭主妇。尽管她厨艺了得，有“总厨”的称号，但在日常生活中与丈夫的交集很少，两个人于是渐行渐远。

西蒂·梅萨罗和许美玲的供词都证实许家夫妇的感情不和睦。他们不但分房睡，也从不同桌共食。平日黄秀芬晚上和儿女一起吃饭，许金山则偶尔会自己下厨。

根据报道，黄秀芬比许美玲更晚得知丈夫的外遇，而非像很多妻子那样对这种事特别敏感。又或许，她只是不想面对。

但如果真如报道所述，在 2013 年之前她对丈夫的婚外情毫无所知，那她的个性可能有点后知后觉，或是情绪障碍影响了她的生活。许金山和许美玲的证词都指出她有情绪问题。

无论是哪一种状况，知情后的她必须面对她的婚姻已陷入危机的事实。她开始因抑郁症而求医服药。

在法庭上，许金山称，两个人讨论过分居及离婚，但没有进一步采取行动，因为两个人都无法独自照顾小孩。在经过协议后，便决定以孩子父母的身份相处。在此之后，黄秀芬慢慢接受现实，两个人紧张的关系逐渐趋于平缓。

但是，黄秀芬生前曾经告诉她的瑜伽老师，许金山不同意离婚是因为担心离婚后的一半财产必须归妻子。

黄秀芬的日记透露了更多他们的夫妻关系以及亲子关系。2013 年她在得知丈夫外遇后便开始写日记。

字里行间，她深深地为他们的婚姻走到那个境地而悔恨自责。她称，自己本该为丈夫和四个孩子做得更多、更好。她开始自我检讨，当辅导孩子们做功课时，她会变得不耐烦。而丈夫跟她说话的时候，她却在全神贯注地看电视。

结果，丈夫不再带她参加工作场合的活动，而孩子们也不想跟她去看电影，不跟她分享自己的计划和想法。

黄秀芬决心改变。她花了两万多美元参加一套名为“探索四十”的自我成长课程，而她付出的努力也得到了大家的肯定。丈夫、孩子和朋友们都说，黄秀芬确实像变了一个人。

黄秀芬希望弥补、修复破裂的关系，但夫妻两个人的想法已经是天与地的差别了。他们在精神上早已失去亲密感，在实际事务的运作上，特别是对孩子的教养方式，也有着根本的分歧。

许金山不但对自己要求高，对孩子也是如此。他期待他们成龙成凤。

许美玲告诉陪审团，她和许俪玲都被诊断出患有注意缺陷障碍，许俪玲还有阅读障碍，但是她们的父亲不够理解她们。每次她试图向父亲解释，他都称那是因为她们不够努力。

孩子的感受是，“我永远不够好”。许美玲坦承，这沉重的压力曾经使她有轻生的念头。

而黄秀芬对小孩课业的要求并不高。这一点，许金山对妻子是有怨言的。他认为她是个不称职又差劲的母亲，对孩子的未来没有期望与抱负，也没有尽到一个母亲的责任来督促他们。

雪上加霜的是，夫妻俩已不再面对面沟通，而是通过许美玲以及社交软件 WhatsApp 来传话。

尽管在发现自己的婚姻已摇摇欲坠后，黄秀芬振作起精神，做了许多努力以试图挽回，但对许金山而言，他的心已经不在这段有名无实的婚姻里了。

许金山曾对警方形容，他和李泳怡像夫妻一般旅行。而妻女死后，尽管他和李泳怡相处的时间减少，但两个人却变得更亲近。他们在工作与专业上都有共同语言。

在许的心里，李泳怡才是他的伴侣。对妻子黄秀芬，他扮演一个法律意义上的丈夫角色，试着履行他的义务。

所以，尽管许金山说，他和李泳怡从不提婚姻，李泳怡也从不给他名分的压力，但有没有可能状况已逐渐改变？

任职香港理工大学放射学助理教授的李泳怡，在学术工作的初期非常忙碌。但是，当事业逐渐稳定后，她或许开始希望组建新家庭。而许金山对此也有一定期待。

在这种情况下，一个态度开始转变，甚至试着讨好他的妻子，便可能成为一个障碍。

那么，李泳怡知不知情呢？许金山对她非常保护。在他的动物研究计划里，李泳怡也在实验人员名单上，但许金山坚持她只担任分析的工作。

在庭审时，许金山也极力维护李泳怡，坚称她与这件事完全无关，并数次要求检方不要将她牵扯于其中。调查期间李泳怡曾被拘捕一天，之后就完全没有出现。

08. 动机因素二：财产

检方认为，许金山犯案的第二个动机是他想独占他与妻子共有的财产。

许金山和黄秀芬一向对房产投资有共同兴趣。2005 年他们注册了一家公司，并以公司的名义买卖房产，获利颇丰。根据报道，他们名下的资产除了六百八十万元港币现金，还有七层房产，包括两栋三层的楼房以及一套单层房，市值五千多万元港币。

这些房产都是以俗称“长命契”的形式，由两个人共同拥有的。在这种财产制度下，去世方的名下资产会自动归入在世方的名下，而且业主不可通过遗嘱将资产送给指定的受益人。

也就是说，无论是许金山还是黄秀芬先死了，另一方是唯一的受益人。许金山是不是为了独占所有财产而毒杀了妻子呢?

09. 判决

2018 年 9 月 19 日，经过二十天的庭审以及七个小时的商议后，陪审团一致裁定许金山谋杀妻女两项谋杀罪成立，许金山被判处无期徒刑。由于香港已废除死刑，这是最重刑罚。

检察官表示，许金山因与学生婚外情，妻子不同意离婚而“蓄意和精心策划”杀害了妻子，并计划在妻子死后继承她的财产。许俪玲的死或许是个意外，因为许金山可能并没有想杀害女儿。尽管如此，根据香港法律，这个意外也属于谋杀，所以两项谋杀罪名成立。

此案的法官称："一个受过高等教育的成功男人，竟然通过这样的算计来摆脱他的妻子，这太令人震惊了。"

许金山则对两项杀人指控均不认罪。

（作者：知更鸟）

3

当新闻失去边界

——白冰冰之女白晓燕绑架案

白冰冰再也无计可施：她亲自哀求过他们，
打过电话给各报社以及电视台主管，甚至向新闻局长官请求过，
都没有用。事到如今，她只能在心里祈求，别害死白晓燕……

上篇

1997 年 4 月，台湾发生了被称为“台湾第一命案”的白晓燕绑架案，简称白案。

这个案子震惊台湾地区，不仅是因为前所未见的凶残犯罪手法，还因为十七岁的受害人是台湾著名女艺人白冰冰和日本漫画家梶原一骑的女儿。

1997 年 4 月到 11 月期间，这个案子的三个凶手成为台湾民众心里恶的化身，他们把台湾弄得腥风血雨，人人自危。

01. 一截断指和一封求救信

1997 年 4 月 14 日是个星期一，早上 7 点 30 分，学生们都正忙着上学，繁忙的街道上，有人看到三个男人强迫穿白色制服的女学生白晓燕上了一辆绿色的面包车。

出生于 1980 年的白晓燕就读于台湾省新北市林口区醒吾高中二年级。她是白冰冰快乐的源泉、精神的寄托，以及勤奋工作的动力之一，尽管白冰冰在怀孕时并不想留下她。

白冰冰，本名白月娥，2000 年曾改名白雪姅。1955 年，她出生于基隆市月眉山区的一个煤矿村里，在家中排行第三。家中的十个小孩有四个被领养，留在家里的阿娥基本成为童工，不仅要洗衣、捡煤渣、照顾年幼的弟妹，而且还常常挨打。

阿娥尽管在班上家境最穷、个子最矮，成绩却是最好的，而且各项才艺样样行。小学毕业后，她考上第一志愿基隆女中。但这个名额被母亲卖了两百块钱，她只好开始工作，正式担负起一大家子的生计。

不过，在一家诊所帮忙期间，她依然半工半读地完成了初中学业。只是在高一时，因为母亲病重，父亲又受伤住院，兼顾着挣钱和照护双亲的她被迫中断学业。

在寻找高收入工作的目标与当歌星的梦想的驱使下，阿娥参加了三十八次歌唱比赛，好不容易才得到一些很小又没有什么前景的机会。她流浪于一个又一个舞台，后来在三千人里夺得头筹，成为日本电影《空手道大战争》的女主角之一。

白冰冰在日本的事业发展得很顺利，但这个“台湾的山口百惠”的梦想却因日本漫画家梶原一骑的求婚骤然而止。

身在异乡的孤单寂寞，未经世事的单纯，加上几分贫寒出身导致的自卑，令白冰冰很快点头嫁人，演艺事业也就此停止。

但这段婚姻里等待着她的，却是难以取悦的婆家、丈夫没有尽头的外遇以及愈演愈烈的家暴。

在经历过前夫酒后向她疯狂挥舞一把家中收藏的武士刀这种事，又亲眼看见前夫与一个女人在酒店房间里赤身裸体后，当时已怀有七个月身孕的白冰冰在家仆的帮助下，狼狈地回到台湾。

肚子里的孩子让她不断想起惨淡结束的婚姻，未竟的梦想带来的遗憾难以弥补，更不要提一个单身母亲即将面对的经济及社会压力。对当时的白冰冰而言，心碎、恐惧与后悔远远超过孕育新生命的喜悦。

但最终，她还是决定生下女儿。回到台湾的她不得不更努力挣钱，因为现在除了父母和还在上学的弟弟们，又多了一个女儿白晓燕需要她照顾。她总是不停地工作着，案发这一天也一样。

说回绑架案当天晚上。正在摄影棚里录像的白冰冰瞥见身兼她经纪人的哥哥拿着手机朝自己走来。她不想中断录像，便向哥哥使了个眼色，让他等会儿。但是哥哥脸色铁青，嘴紧紧地抿成了一条线，白冰冰只好暂停录像。

她接过电话，一个陌生男人的声音从那一头传来："这不是跟你开玩笑，你女儿的东西放在林口高尔夫球场旁的墓地。"说完，对方就挂断了电话。

那一刹那，白冰冰有点摸不着头脑。

白晓燕今天不是到学校去上课了吗？早上 7 点，白晓燕在出门前还特别叫醒她，帮她调了闹钟，以免总是疲累过度的她睡过头。

虽然经济能力允许，但白冰冰并不溺爱女儿。为了训练白晓燕独立，白冰冰让她和别人家的小孩一样搭公交上学，所以白晓燕总是很早便出门搭公交去学校。

这时，摄影棚里有人大喊："这是绑票啊！"回过神来，白冰冰马上打电话到学校，老师告诉她，白晓燕一整天都没有去学校。她又打电话到家里，发现白晓燕也没回家。

那一刻，白冰冰如同虚脱了一般。惊慌失措中，她联络了三个地方的警察。警方让她回家等着，随即前往桃园县林口高尔夫球场旁的墓地（也有媒体说是她和哥哥一起前往）。

警方很快成立了"○四一四"专案小组，并在林口消防小队成立"○四一四"案小组指挥所。

那天晚上，在家里等绑匪联络、心急如焚的白冰冰从戴着白手套的搜查员手里接过一个蓝色塑料袋。为了不破坏绑匪可能留下的指纹，白冰冰被要求用夹子夹出袋子里的东西。

接着，她看到了绑匪在电话里提到的"你女儿的东西"：一沓被鲜血染红的卫生纸，包裹着一截已经变色的、被切断的手指，放在一个纸盒制的便当盒里。

袋子里还有三张拍立得的照片，一封白晓燕写的求救信，几张写着“白晓燕”的诊所挂号证。

三张照片里，白晓燕双手高举，颈部以上被黄色胶带绑紧，脸部只露出鼻孔，白色制服被往上拉起，露出左胸，其他部位都被胶带紧紧地、包裹似的粘着。

信纸是从学校周记本里撕下来的。“妈妈，我被绑架了，现在很痛苦，你一定要救我，他们要五百万美金，不可以连号，要就（旧）钞票，不可以报警，要不然命休矣。等待联络，白晓燕。”

搜查员带走了袋子。全身无力地倒坐于地的白冰冰被家人扶上沙发。她全身发抖，拼命地想自己可以做些什么，该如何救白晓燕。

可是，她的思绪很快被响个不停的电话和门铃声打断了。原来，多家媒体的记者已经听到消息，开始源源不断或者说无休无止地要求白冰冰核实消息并接受采访。不仅如此，接下来的日子，数辆大型电视转播车日夜停在她家前面的路上，上空还有电视台的直升机盘旋。

这么大的阵仗，任谁都知道她报警了。绑匪们会做何反应呢？他们会不会对白晓燕不利？恐惧深深地绑住了白冰冰。

她走出家门，低声下气地哀求媒体记者们，拜托他们暂时不要报道，否则她女儿可能会有生命危险。

白冰冰也打电话给各电视台的负责人，恳求他们下令停止采访。他们都答应了，但是记者和转播车只是退后一条巷子，隔天他们又全部回来了。

除了打探消息的媒体记者，白冰冰心心念念等着绑匪的联络时，接到的还有亲人朋友和政治名流的慰问。每接一通电话，她的心就抽紧一下：到底有多少人知道这件事了?!

这条白晓燕的生命线响个不停，一直占着线，白冰冰每天都要应付一百多通电话。她接也不是，不接也不是。到底哪一通才是绑匪打来的?!

在这么令人崩溃的时刻，她还必须配合警方，整夜调查亲人朋友的财务与人际关系。因为警方说，绑架案通常是熟人作案。

女儿被绑架的当晚，白冰冰体验了终生难忘的情绪过山车：夹出白晓燕手指的恐惧、眼见白晓燕被凌虐的伤痛、担忧白晓燕安危的焦虑、对媒体的气愤与无奈、对亲人朋友的怀疑等。在这排山倒海的冲击下，她开始感到一股对自己的厌弃。

她快招架不住了，但是，白晓燕还等着她救呢。

02. 更改七次地点，无法交付的赎金

接下来的四天，4 月 15 日到 18 日，绑匪七次反反复复地要求更改交付赎金的地点。

4 月 15 日，白晓燕被绑架后的第二天晚上 7 点，绑匪终于来了电话，要求五百万美元现金，而且是不连号的旧钞。这个数字是白冰冰全部存款的四倍。白冰冰不得不打电话向朋友借钱筹赎金。

4 月 16 日，第三天中午，绑匪打电话来要求当天准备好赎金。白冰冰要求听白晓燕的声音，以确认她还活着。

绑匪一声不响挂掉电话，十分钟后又打来。电话那头传来一个成年女人的声音，念着台湾地区“中国时报头条新闻”这几个字，感觉像录音，白冰冰很肯定这个人不是白晓燕。

由于绑匪要求不连号的旧钞，无法用银行的点钞机盘点，何况还得保密，所以只好私底下进行。于是，白家人和银行人员等一共八个人，为了准备赎金，在家里整夜人工点数美钞。

白冰冰说，那堆山一样的钞票在她眼里只是一堆沉重的垃圾。而想到这些钱的用途，她便更是感到它们肮脏而恐怖。

4 月 17 日下午 1 点，绑匪再度打来电话，这次和上次那个念台湾地区“中

国时报头条新闻”的是同一个女人。对方要求白冰冰一个人于当天 3 点交付赎金，地点是桃园南崁的某个保龄球馆。她假装不会开车，要求打出租车过去。绑匪答应了。

对“由于不会开车，所以必须打出租车”的要求，部分媒体提供了一个不同的版本：绑匪听了这个要求立刻挂断电话，但没过多久又打来，说：“你女儿说你会开车！”得此消息，白冰冰非常高兴，因为这至少证明女儿还活着。

但如果绑匪从白晓燕那里得知，白冰冰确实会开车，他们怎么会答应让别人陪同白冰冰前往交付赎金呢？对任何非当事人的第一合理怀疑就是便衣警员，这是一个太大的风险。所以，我采用白冰冰回忆录里提供的第一版本。

在与绑匪交涉的过程中，白冰冰用尽各种方法旁敲侧击，试图问出白晓燕是否仍然活着。例如，她要求绑匪询问白晓燕，白冰冰在高雄的男性友人名字，并得到了正确的答案。那时，任何女儿仍然安全的信息都能鼓舞白冰冰几近绝望的心情，让她得到继续援救女儿的动力。

4 月 17 日下午，总之，在接到电话约一个小时后，白冰冰与一个乔装为出租车师傅的警员一同出门赴约。他们开着车载着巨款，依照绑匪要求前往桃园南崁的某个保龄球馆。

在历经这些天的极度焦虑后，白冰冰这时心里充满了安慰，燃起了希望，认为只要把钱交给绑匪，白晓燕便可以回家了。

但是，他们等了一个小时，绑匪却没有出现。根据警察的指示，他们转头折回。在快到林口的家时，绑匪又打来了电话，要求他们回到指定的地点等候。

正当他们在南崁的保龄球馆前焦急地东张西望时，白冰冰发现，附近停放了几辆看起来有点眼熟的车。经同车的警察确认，那些车都是警方部署的人力。

问题是，这些车辆完全没有经过重新分组。也就是说，如果绑匪一直在现场观察着白冰冰，随着她再次出现于同一个地点，这几辆一模一样的车也会重新进入绑匪的视野，肯定会被看穿的。

白冰冰感到脊椎一阵凉意，一股不祥之感涌上心头。果然，一个男绑匪打电话过来，凶狠地说：“白冰冰，你竟敢报警！”

“没有，绝对没有！”

绑匪命令她到附近的摊子买一千元台币的槟榔。在等待店员包槟榔的时候，她又发现一辆看起来不寻常、车窗贴着黑色反光纸的出租车。[1]

这时，槟榔摊的电话响了起来，店员把话筒递给白冰冰。一个男人在那一头怒吼：“你他妈的果然在耍把戏，我看你是不要女儿了！”

“没有的事，我马上就把钱交给你们，你们快来拿啊！”

“附近都是警察。你坐的那辆出租车的司机也是警察吧！”

“不是的，请你们相信我。”

“要是还想要你的女儿，就赶快另外再找一部手机，记得不准回家！”那一头挂断了电话。

很明显，绑匪就躲在现场的某处观察，并看出了异样。他们知道，白冰冰家中一定满是警方布下的设备，例如窃听器，所以不准白冰冰回家。

此刻，白冰冰完全乱了方寸。原以为交了赎金就可以领回女儿，可是现在，有家也不能回了。不能回家，上哪里去呢？要不上酒店？不行。随行警察解释，酒店是最危险的，因为绑匪有可能就住在隔壁房间。

左思右想，最后白冰冰打电话向居住地所属的那一村的村长求救，热心的村长立刻答应收留他们。

4 月 18 日一整天，白冰冰和继续乔装成司机师傅的警察，以及两名弯着身体躲在后座椅子下的警察，随着绑匪反复不定的指令，在台北市区、郊区来来去去。

一开始，绑匪要求中午 12 点 30 分在台北市辛亥隧道附近交赎金。白冰冰

[1] 在台湾，为了乘客安全，出租车禁止贴反光防晒车窗纸。

到了之后，被通知地点改为内湖，接着又改为新庄的住宅展览场。白冰冰和警察们在展览场等了两个半小时，迟迟未接到绑匪的进一步通知，于是决定离开。

白冰冰离开后却又被要求回到原地，他们也只好回到新庄的住宅展览场。在这儿，白冰冰再度收到通知，被要求前往林口，接着地点又改为林口体育馆，最后是体育馆附近的家具店。白冰冰在这儿又等了两个小时。这一整天，绑匪都没有现身。

他们载着巨款回到村长家时，发现途中被一群媒体记者跟踪了。记者们口口声声说，他们也担心白晓燕的安危，也想来帮忙。

帮什么忙呢？各位记者大人，你们想怎么帮忙呢？

接下来的四天，从 4 月 19 日到 22 日，绑匪保持沉默，完全没有联系。每一分钟对白冰冰而言都像一年那么漫长。

4 月 19 日清晨 5 点，天还灰蒙蒙的，白冰冰和三个警察拎着鞋，确认村长家门外整夜跟踪的记者还没睡醒，光着脚悄悄地从后门离开。

这天，他们留宿在一个白冰冰并不很熟，但信任其诚实品性的男性朋友家里。虽然这位朋友的太太很热心地张罗他们吃喝，但是晚上白冰冰却被这个家里的小孩兴奋地认出。“哇！是白冰冰，白冰冰来我们家！”他们担心小孩在学校说漏嘴，于是在第二天清晨天未亮之际，又离开了。

连小孩都认识，真是负盛名之累啊。

为了躲避媒体记者，白冰冰一行四人无家可归，几天未能好好吃饭、睡觉，也没有洗澡。几经讨论后，他们决定回家。果然，媒体跟丢了他们，在家里也等不到，便离开了。

20 日清晨，白冰冰偷偷摸摸地回到家中。她不断自责，心里充满煎熬。

23 日傍晚，绑匪终于再次联系并给出指示：晚上 7 点到新竹体育馆。他们等了四个小时，深夜 11 点绑匪依旧没有出现。但是白冰冰发现，现场除了便衣警察，还有摄影记者在一辆停在不远处的车里，用望远镜朝白冰冰这个方向观看。

警察走过去请他们离开。那部车当时是离开了，但过了不久又回到现场。

白冰冰再也无计可施：她亲自哀求过他们，打过电话给各报社以及电视台主管，甚至向新闻局长官请求过，都没有用。事到如今，她只能在心里祈求，别害死白晓燕……

25 日晚上 6 点 45 分左右，绑匪再次打来电话，要白冰冰当天晚上 8 点钟一个人带着赎金到桃园体育馆。

相同的状况又出现了。左等右等，绑匪没有现身，也没有任何消息。这时的白冰冰也有一些经验了，心知绑匪不可能出现，因为不但体育馆周围停放了许多采访车，连空中都有直升机。

正准备掉头离开时，她的手机响了。警方称绑匪已经落网，让她回家等待。这是连日以来最美好的一刻了！马上就要见到白晓燕了！白冰冰想象着，自己再也不要离开她一步，以后要减少工作时间，要多陪陪她。

但是，白晓燕受伤了，不是应该送去医院吗？为什么警方让她在家里等着呢？

焦急的白冰冰从晚上 9 点等到半夜 2 点，接着她在电视上看到了警察局长召开紧急记者会的实况转播。

这时她才知道，落网的是三个次要嫌疑人，包括林春生的弟弟林致能和陈进兴的妻子张素贞。而三个主要嫌疑人仍在逃亡，白晓燕也依然下落不明。

要命的是，这个记者会向公众发布了白晓燕被绑架的消息。

白冰冰决定在清晨召开记者会，亲自请求全民协助寻找白晓燕。电视屏幕上的她，是一个憔悴无助、泪流满面的母亲。据说，很多电视机前的母亲，都落泪了。

03. 噩耗传来：白晓燕悲惨的遭遇

4 月 28 日，在事发整整两个星期后，民众发现白晓燕的尸体在台北县五股工业区中港的大排水沟里浮沉。

尸体全身赤裸，左手小指缺了一节。脸部因被殴打而变形，完全无法辨认容貌，眼睛已被虫啃食。“头部肿了两倍大，一根毛发也没有，塌了两个大大的窟窿。”而“腹部有多处紫黑的淤伤”，是被踢踹的伤痕。

身上绑了六把大铁榔头：脖子上三把、腰上两把、脚上一把。最重的有 6.4 公斤，轻的也有 3 公斤，总重量超过 30 公斤。绑匪企图让尸体随着榔头的重量永远沉入水底。

尽管附加了这么大的重量，而且六把榔头都没有掉，但尸体在产生气体膨胀之后，还是浮上了水面。

后经法医检验，死亡时间在八至十天前，死因是头部、腹部受重创，导致肝脏破裂大量出血，再被凶手以尼龙绳勒死。

根据验尸官的报告，头部有三处被钝器殴打的痕迹，其中两处伤痕极深。胸部及腹部有多处外伤，尤其是肚脐的斜右上方，曾被用力踢过。

解剖的结果还显示：肝脏五处破裂，胸部及腹部有八百毫升的内出血，证明她在生前被殴打过。同时，处女膜有破裂的新痕迹，这说明白晓燕在死前遭受了严重的性侵。

胃里没有任何食物。被切断的手指头仅仅用铁丝绑住以止血，没有任何治疗迹象。

白晓燕的直接死因是被绳子勒住脖子导致窒息死亡，可光是内出血也会导致死亡。失去八百毫升血液的白晓燕大概已昏迷休克，这时绑匪再以绳子勒住她的脖子，她也不会有任何抵抗了。

后来证实，4 月 19 日晚，三名绑匪通过媒体得知警方已介入并展开侦查搜捕，而媒体滴水不漏的追踪使绑匪无法顺利取得赎金而心生怨恨。

当晚，在台北县五股乡的出租屋藏匿处，绑匪对白晓燕施加暴力并强奸了她。白晓燕于 4 月 20 日死亡，于 21 日凌晨被弃尸于中港大排水沟。

4 月 25 日最后一次联络白冰冰时，绑匪佯装白晓燕仍然在世，要求交付赎金，却又不敢现身取赎金。因为他们知道警方已经布下天罗地网了。

一场媒体大战使得白晓燕案成为台湾地区的公开秘密。陆地上有直播卫星采访车跟踪，空中有盘旋的直升机，还有电子监听设备拦截警方的行动通报。警方和白冰冰的车都被媒体车锁定，随时准备跟踪，而警方的手机和无线电也被媒体监听。

新闻台改变了正常的作业模式，延长了播报时间，全天候报道最新动态。

白冰冰试图交付赎金时，她前往的每一个绑匪指定地点的画面都被各大电视台拍摄下来，而超视的直升机竟然比警方的直升机更接近绑匪指定的地点。这一则高价值的犯罪新闻，让媒体完全漠视人质安全、家属立场以及警方办案的隐秘性。

除了媒体的帮倒忙，事后警政署长姚高桥称，警方的内部通信被绑匪窃听是此次行动的最大败笔。主要嫌疑人陈进兴等人利用窃听设备获取了警方内部通话，同时用“王八机”拨打勒索电话。

在二十多年前，手机不是像现在这样插 SIM 卡，而是将内码烧录在手机里。只要在一部手机上烧录十多个其他用户的大哥大内、外码，就等于一部手机可以当成十几部来用，这种手机被称为“王八机”。事后警方透露，陈进兴前后一共使用了十五个手机号码，因此警方一直无法追踪到陈进兴的手机信号来源。

这起绑架案深深地震撼了台湾社会。在 5 月 4 日这天，有五万名民众走上了台北街头。这场大游行强烈要求当局正视治安现状，改善治安环境。两个星期后的 5 月 18 日，一场大规模游行再度传递了民众的诉求，迫使当局拿出改革的魄力。

社会舆论也造成台湾政坛的大地震。

04. 逃亡之路：再绑架两起，并杀害整容医生

事件至此，绑架案已完全公开。警方控制了几名次要嫌疑人，也证实了三名主要嫌疑人的身份：林春生、高天民与陈进兴。

4 月 29 日，三名主要嫌疑人放弃树林镇三俊街的据点，开始逃亡。

多达七百名警员开始搜查逃亡中的三人。警方知道陈进兴有三百发子弹，所以在追缉的过程中，他们总是严加戒备、小心翼翼。

这个过程中发生多次枪战、两起绑架案、一起三人命案以及多起性侵案件。

事后调查时，陈进兴供称犯下十九起强暴案，但实际件数可能更多。陈进兴总是以报复来威胁受害者，所以很可能有其他受害者因害怕而不敢报案。

或许是因为受到白晓燕案的影响，那两起绑架案的受害者家属都没有选择报案，而是偷偷交了赎金，后来人质也被安全释放。

第一起绑架案的受害人，是时任台北县议员的蔡明堂。

这三个绑匪事先勘察好了地形，在 6 月 6 日这天，趁着警卫不在时潜入蔡明堂服务处的停车场埋伏。那时蔡明堂准备开车去议会开会，便走到地下室停车场。当他接近自己的车时，三个人蹿了出来，并亮出枪抵着他。

蔡明堂在事后被采访时说，高天民将他的双臂反扣后强押在车窗旁，威胁他不准轻举妄动，如果报警就死定了。

蔡明堂其实是比陈进兴大一届的初中学长。陈进兴好言好语地告诉学长："你应该知道我们是谁。"接着就开门见山要五百万元台币。蔡明堂立马联络会计到银行取钱。

接下来的三个小时，陈进兴和高天民在车子后座分别坐在蔡明堂两侧，林春生则负责开车。三个人的枪都已经上膛。车子在街道上漫无目的地开着，车上的人一语不发。三个小时后，他们回到原停车场，一手拿钱，一手放人，接

着三人便逃逸无踪。

蔡明堂报案后得到警方二十四小时全天候保护，但绑架信息直到陈进兴落网才曝光。

第二起绑架案发生于 8 月 8 日。台北一家公司的董事长陈先生被这三人绑架，在其家人交付赎金四百万元（也有说是五百万元）台币后，获得安全释放。

白晓燕绑架案不仅震撼了台湾地区，接二连三的类似案件更说明台湾治安的败坏。

8 月 13 日，舆论追究警政署长姚高桥的责任，要求他辞职。8 月 15 日姚高桥辞职。接着，在台湾地区行政管理机构负责人连战的内阁总辞风波下，台湾当局内部事务主管部门负责人林丰正也下台了。

另一方面，已落网的次要嫌疑人进入法律程序。经过几个月的调查，警方与检方于 7 月 22 日将一共十七名嫌疑人的供书递送地检署。

其中最受关注的是陈进兴的妻舅张志辉，以及陈进兴的妻子张素贞。

4 月 25 日晚，警方在陈进兴家盘查张素贞时，眼尖的张素贞看到陈进兴正要走进家门，便大声喊叫来警告对方。警方与陈进兴发生枪战，后陈进兴逃走，而张素贞被逮捕。

张志辉则于 5 月 20 日被收押。

5 月 28 日，板桥地检署主任检察官收到一封由林春生、高天民及陈进兴共同署名的信，声称案件是他们三个人干的，与他人无关，并要求释放被拘留的人。

8 月 19 日，警方接到情报后在台北市五常街与林春生、高天民发生激烈枪战，警方一死一重伤，林春生自杀身亡（一说是身中六枪身亡）。警方派出八百余名警力在当地逐户搜索另外两个人无果。

电视台直播了这场“五常街枪战”，这是台湾的电视台第一次现场直播枪战场面。

8 月 21 日，板桥地检署起诉了十二名嫌疑人，要求判处张志辉死刑，林春生女友许嘉惠无期徒刑，张素贞和林致能十二年有期徒刑等。

这个起诉影响了案件后来的发展。

9 月 15 日，警政署长公开了一封陈进兴写给当局的信。信上称，如果他的妻子和妻舅被判刑，他将采取报复行动。与此同时，陈进兴和高天民仍在继续犯下重大罪行。

10 月 23 日，两个人在台北市“方保芳整形外科医院”强迫医师方保芳为高天民进行双眼皮缝合手术，并在手术后杀害了医师、医师妻子以及诊所护士三人。

11 月 4 日，陈进兴写信给报社，声称张素贞和张志辉两个人的供词都是警方逼供得来的。

11 月 12 日，陈进兴第二次写信，表示不再滥杀无辜，但并无自首的意思。

11 月 17 日，两个人在台北市石牌路与警方再次发生枪战，高天民举枪自尽。枪战中一名警员以及两名市民受伤。

这时，距离白晓燕被绑架已过去了七个月又三天，而三个主谋只剩一个。仅存的陈进兴感觉如同瓮中之鳖，只能孤军奋战。但是，他没有束手就擒。

他一手策划，将这起国内的刑事案件演变成国际事件，而让台湾地区甚至全世界人民目瞪口呆的一幕即将到来。

下篇

1997 年 11 月 17 日，在案发七个月，发生了几场枪战后，林春生、高天民和陈进兴这三个主要嫌疑人只剩陈进兴一人还活着。

孤掌难鸣了吧？各位看官，且慢下定论。

01. 落幕：绑架南非武官

11 月 18 日，陈进兴侵入位于台北市北投区的南非武官官邸，劫持南非派驻在台湾的武官卓懋祺及其家人：太太安妮、二十二岁的大女儿梅拉妮，十二岁的小女儿克里斯廷，以及七个月大的婴儿查克。

先介绍一下查克宝宝。媒体报道里没有多提这个宝宝，而卓懋祺的回忆录里只简单介绍是“我们抚养的一个中国小男孩”。

我找到的唯一一个比较详细的解释是：查克是个有着可怜身世的台湾男孩，在案发的下个月就要被卓懋祺夫妇的朋友带到美国去抚养，在这之前由安妮代为照顾。

卓懋祺夫妇还有一个十九岁的二女儿，在南非航空工作，案发时不在台湾。

案发前几天，陈进兴已经开始在台北市北投区埋伏与跟踪。他盘算好了要绑架外国人，因为这样比较有影响力。这一区住了很多外籍人士，而且地形特殊，有助于逃避警方的追捕。

这天天还没暗，陈进兴就潜入行义路 154 巷 20 号的房子。他锁定的目标是一对住在这里的年轻夫妇。但是，左等右等，天都黑了，人还没回来。

失望离开之际，他看见一辆墨绿色丰田轿车挂着“使”字的车牌，缓缓驶进巷子。他的眼睛亮了起来。

陈进兴躲在暗处，看着车开进 154 巷 20 号隔壁房子的车库。车库门关上后，一切归于安静。他潜回 20 号，并从 20 号翻墙进入 22 号。

那一对住在 20 号的年轻夫妇，丈夫临时到韩国出差，妻子顺便回美国度假，刚好躲过了一劫。

这天晚上 7 点，卓懋祺下班回到家，停了车，锁上车库门，在三女儿克里斯廷的钢琴声中上了二楼。克里斯廷边弹琴，边给了她爹地一个飞吻。他继续上三楼，跟太太安妮、大女儿梅拉妮打了招呼后，换下西装，穿上家居服，从安妮手里接过查克宝宝，坐在沙发上逗他玩。

没一会儿，克里斯廷神情慌张地上楼来，接下来这一幕让大家都惊呆了：一个陌生的男人，一只手绕过克里斯廷的脖子，另一只手拿着一把枪，枪口已隐没于克里斯廷的长发中，抵住她的脑袋。

他身材壮硕，头发蓬松，满脸胡须，还一身脏兮兮。

克里斯廷声音颤抖地说："爹地，他就是最近电视上一直报道的那个……"

陈进兴掏出一个打开的手铐，示意卓懋祺戴上。卓懋祺把查克交给安妮，站起身来。

受过多年军事训练的卓懋祺，知道这时是展开反制行动的大好时机。但是，顾忌着一旁的家人，他二话不说立刻照做。

将卓懋祺的双手反铐之后，陈进兴让他们全家人坐在沙发上，并掏出几卷黑色的电线，牢牢绑住卓懋祺的双脚。克里斯廷和梅拉妮也被双手双脚反绑。

轮到安妮时，她对着陈进兴说："No（不）！"坚决拒绝被绑双手，因为她必须照顾查克宝宝。陈进兴也只好答应，只捆绑了安妮的双脚。

捆绑完毕，陈进兴用浓浓的闽南语腔调对他们说："Sorry（对不起）！"

媒体报道刻画了很多陈进兴对人质不停道歉、对进屋跟他谈判协商的检察官及律师下跪道谢的场景。这些行为可以让我们对他的性格窥见一二。

02. 第一晚：枪战、媒体电话

卓懋祺一家居住的这栋五层洋房，每一层楼都有两到三个房间。一楼是车库；二楼是休息室、厨房和洗手间；三楼是客厅及书房；而四楼和五楼是主卧室等房间。主要的挟持场景在三楼。

一开始，陈进兴向警方报警还没人相信。最后，是先前约好在卓懋祺家见面的地毯业务员来访时感觉有异，才报警成功。

对陈进兴而言，外国人就是美国人。他后来才明白原来他挟持的是南非人。虽然不是美国人，但是是武官一家，陈进兴也满意了。

他的这条命迟早留不住，这点陈进兴了然于心。在他后来的许多陈述里，他说自己作恶多端，落网是迟早的事。警方会不计代价地逮到他，甚至击毙他，让他连上审判台的机会都没有，就像高天民和林春生的下场。

所以，他选择孤注一掷。

他知道，绑架外国人，这个脸台湾地区当局是丢不起的。所以他或许还有点机会在死前提出他的诉求，当局还必须听。

除了要求警方不可攻坚，陈进兴还要求立即释放其妻张素贞以及妻舅张志辉，并让他们接受公平的审判。上一篇提到，这两个人已被判刑，但陈进兴声称这两个人的供词是被逼供而来的。

根据卓懋祺的回忆录，刚开始警方不顾人质的危险，潜入屋内，向屋内射击。陈进兴怒不可遏，双方随即展开枪战。整个枪战过程中，陈进兴把梅拉妮押在前面当挡箭牌。

这个行为再次证明，陈进兴为了得到自己想要的，可以牺牲一个无辜孩子的性命。

枪林弹雨中，陈进兴误触扳机，击伤卓懋祺及梅拉妮。他在屋内大喊：“有人受伤，赶快叫救护车！”刑警大队队长侯友宜进入官邸现场，将受伤的卓懋祺及梅拉妮背出来送医。这时约晚上 10 点 10 分，第一波攻击结束。

这场枪战至少在屋子里留下了一百颗弹壳。

虽然枪声消停了，但紧张恐怖的气氛却不曾散去。在这异样的安静中，法新社的记者无意中得知卓懋祺家的电话，便打电话来想得到第一手消息。

这可是个外国记者。这下陈进兴来了劲，对记者打开话匣子。他重复了他的诉求。在挂上电话前，陈进兴坚决表示，他不会活着离开那栋房子，也不会释放安妮和孩子。

法新社记者立马将陈进兴的诉求告诉警方，并在半个小时内通过国际新闻网向全世界发布了这篇采访报道。

通过法新社，一堆台湾的报社和电视台得到了官邸电话。不久后，《联合报》记者拨通官邸电话，在被安妮告知他们三个人平安后，要求安妮把电话交给陈进兴。这个电话采访，据说长达两个多小时。

接下来一直到隔日清晨 5 点多，台视新闻主播等其他许多记者，打进一通接着一通的采访电话，问尽所有想得到的、想不到的问题，占着这热线电话。

陈进兴很乐意接受采访。安妮和孩子们则在他的眼皮底下不远处打地铺，在枪口下、陈进兴侃侃而谈的声音里、门外警车一闪一闪的刺眼排灯的亮光中、身心的无比疲倦与心神不宁下打盹儿。他们一会儿睡，一会儿醒。

半睡半醒中，安妮听到一阵男人的歌声。原来是超视女主播居然要求陈进兴唱歌给她的两个儿子听。而他也没拒绝，竟然当场唱起《两只老虎》。

03. 第二天：逐渐松懈

前一晚，在不同的时间点，安妮和克里斯廷都被松了绑。尽管如此，绝大部分时间里，陈进兴还是要求他们待在三楼，在他的看管范围之内。

他必须时刻待在三楼看守人质，因为房子的其他楼层有可能被警方所控制。事实也是如此。这一夜，警方的霹雳小组成员埋伏在楼下厨房，以及楼上的主卧室，只因人质安全的考虑而不能进攻。

陈进兴似乎因为误伤了卓懋祺和梅拉妮感到抱歉，而答应克里斯廷和安妮的几乎所有要求，例如同意她们到楼下上洗手间、给宝宝冲牛奶、从厨房里拿酸奶当早饭（她们还递了一瓶给陈进兴，虽然他没接受）。

第二天早上，克里斯廷在陈进兴答应后，趁着到一楼车里拿手机时，居然打开了车库的门。她想知道外面是什么状况，便按下车库的电动控制钮，等待铁卷门缓缓上升。

空荡荡的街道一片死寂，此时记者们都躲在附近建筑物的屋顶和阳台上。听到铁卷门被打开的声音，所有的警察都四处找掩护：有的躲在墙后，有的趴在警车后面，进入备战状态。

铁卷门上升到一半，克里斯廷按了停止钮，弯着身走了出来。

她发现自己被一排武器对准着：自动步枪、来复枪、霰弹枪等。而当警察们看清眼前是个十二岁的小女孩时，表情由极度紧张转为讶异。

大概是已经习惯了被枪指着，克里斯廷只是冷静地说："你们什么时候可以救我们出来？他（陈进兴）挟持了我们十二个小时，而你们除了开枪和激怒他之外，就没有办法了吗？"

一个警察从车后走出来，用英语说："别担心，我们自有计划，只是目前忙得不可开交。你别回去了，这儿才安全。"

经过一夜的一连串事件，克里斯廷对警察的信任已大打折扣。她坚持要回屋里。"不然他会杀了我妈咪。"

她接着说："你们最好赶快行动，让我们早点离开那儿。"说完她钻回铁门内，关上车库门，留下满脸错愕的警察们。

这时，陈进兴已在楼上气得大吼："赶快给我回来！"面对陈进兴的怒气冲冲，克里斯廷只是笑了笑，把手机递给了安妮。安妮立刻拨电话给在医院里的卓懋祺，克里斯廷还兴奋地告诉她爸爸："爹地，我当侦探了！"

04. 迟来的谈判

陈进兴在采访的最后终于表示愿意与警方展开谈判。于是，在他挟持人质十四个小时后，谈判才缓缓展开。

前一晚深夜，张素贞由她的母亲陪同，从看守所被押到现场的临时指挥所。

早上 10 点 40 分，在陈进兴的同意下，张素贞进入屋内，陪同的是一个身份神秘的"陈太太"，据说是张素贞的闺密，也有传闻称她跟政府官员关系良好。有媒体猜测，陈应该不是她的真姓。

张素贞带了个包，里面有她为陈进兴准备的食物，以及一台小小的随身听。

陈进兴盘腿坐在地上，其他人坐在沙发上。安妮、克里斯廷、陈进兴吃着张素贞带来的三明治。

张素贞还带来了一份当局的协议书。

根据卓懋祺的回忆录，张素贞的出现确实缓和了气氛。陈进兴开始与她不断地交谈，包括讨论那份文件。安妮与英语流利的陈太太聊着陈进兴夫妻的事，边逗弄着查克宝宝。

克里斯廷则上楼回她的房间休息，却又睡不着，她好奇外面的状况，又跑到她房间的阳台上，发现自己再次成为所有目光和摄影机的焦点。

上午 11 点 50 分，在门外的刑警大队队长侯友宜从张素贞手里接过查克宝宝，走到官邸外，现场响起一片掌声及欢呼声。

谈判的内容大致如下：

首先，协议书中保证，检方和警方重新深入调查包括张素贞、张志辉在内的所有人在白案中的涉案程度，而调查过程中若有新的证据，会加以重审。

律师谢长廷应陈进兴的要求于下午 12 点 40 分进入官邸。陈进兴、张素贞以及谢长廷三人讨论张素贞被刑讯逼供的事实及过程。根据谢长廷的回忆录，他给这段对话录了一卷录音带。

谢长廷答应为张素贞辩护，同时试着说服陈进兴投案。之后，谢长廷也在电视上公布，监察委员叶耀鹏将出面调查警方是否有拷打、凌辱张素贞的事实。

为什么谢长廷答应为张素贞辩护？他简单地说：“我曾经是政治犯，所以很了解陈进兴对法律的观点。”由于答应为张素贞辩护，谢长廷给自己带来很多麻烦，包括白冰冰对他的不谅解。

根据安妮的说法，谢长廷现身后，事情才真正有了转机。

陈进兴在下午 4 点答应释放其他人质。

4 点 30 分，克里斯廷独自被释放，但她坚决要和妈妈在一起。安妮和谢长廷费了好大功夫，坚决保证顶多一个小时，安妮就可以与她团聚，她才不情愿地离开。

5 点 20 分，陈进兴表示愿意投案，但还需要一点时间冷静一下。半小时后，他交出他身上的两把手枪，让谢长廷把枪带出官邸。

时间一分一秒地过去。大家都在等待陈进兴承诺的投降。这段时间对卓懋祺一家人来说非常难熬，如果他不投降，谁都没把握事情会怎么发展。而陈进兴反反复复，谁也拿他没办法。

晚上 7 点多，陈进兴又提出和 TVBS（无线卫星电视台）总经理李涛进行电话连线。在两个人五十分钟的对话里，陈进兴对台湾警察的腐败大肆批评。他慷慨陈词：“我们必须改变整个警察体系！谁允许他们折磨、凌辱无辜的人呢？”

近 8 点时，陈进兴走出官邸，戴着手铐，而张素贞倚着他。长达七个多月的白案缉凶行动，终于正式宣告结束。

还有一些其他细节，这里不展开讨论。比如有媒体报道，陈进兴两个儿子也在第二天下午进入官邸。也有人问，张素贞和张志辉到底有没有被刑讯逼供？陈进兴在投降前要求和张素贞独处一小段时间，大约十五分钟，也有媒体做很多揣测。

另外，卓懋祺一家是虔诚的基督教徒，他们在事件过程中和事后都对陈进兴很宽大，例如安妮阻止他自杀，克里斯廷画给陈进兴一张十字架的图，传达宗教的爱。卓懋祺夫妇事后还去监狱里看望陈进兴。这些体现了他们的信仰。

05. 判决

1998 年 1 月 22 日，板桥地方法院对白案做出判决。

审判分为两个部分：一是对陈进兴主要涉及的案子的审判，二是对张素贞、张志辉等十二个次要嫌疑人的判决。对陈进兴的判刑比检方要求更重，对其余次要嫌疑人的判刑都比检方的要求轻了很多，而白冰冰的民事赔偿诉讼则被驳回。

陈进兴被判处五个死刑，两个无期徒刑，以及五十九年六个月有期徒刑。

陈进兴的妻子和妻舅被判无罪，引起了高度争议。白冰冰接到的两个电话是同一女子打的，她相信存在一个女性从犯，所以她对这两个人被判无罪非常愤怒。白冰冰的委任律师也很惊讶，并全部提起上诉。

侦办此案的检察官对此判决也很不满意，也提起上诉。

同年 12 月 24 日，在白案仍然有共犯细节待厘清，以及陈进兴还涉及其他重大刑事案件等因素的情况下，台湾地区高等法院二审判处陈进兴三个死刑，而陈进兴的妻子和妻舅依然无罪。张素贞被判无罪引起了社会骚动，很多人表示不满。

陈进兴于 1999 年 10 月 6 日枪决伏法，时年四十一岁。

06. 新闻伦理：杀人的镁光灯

林春生、高天民、陈进兴三人更新了台湾的犯罪史，而这起案件除了对社会影响重大，更成为新闻媒体伦理标准的第一负面教材。

案发期间，媒体的报道方式及行为，包括全程跟踪采访、粗暴的大标题、纵容罪犯操纵媒体等，不但侵害受害者及其家属隐私、二次伤害受害者家属、妨碍警方侦查办案，更闹剧似的将罪犯英雄化。

白冰冰后来在回忆录里说，报警是她在慌乱中做出的错误决定。解决绑票事件的关键第一步在于：所有的对策都必须秘密而慎重地计划以及进行。

白冰冰事后认为她应该保持冷静，不张扬此事，回家等待绑匪的消息，深思熟虑后再采取行动。

在这个案子里，报警的行为很明显惹怒了绑匪。不过，亲人被绑架了，真的不应该报警吗？这是另一个值得讨论的问题。

如果绑匪的动机只是钱财，他们极可能在取得赎金之后放回人质。例如这三名绑匪在逃亡期间犯下的另外两起绑架案就是这么结束的。这时，只要家属配合，不过度张扬，人质很有可能安全归来。

在新闻自由的保障下，新闻出版界有采访、报道、出版以及发行等权利，而公民也有知情的权利。刑事新闻的记者们一般都会得知刑事案件的消息，但是会和警方保持默契：以保护人质安全为最高原则。各家媒体在尽力取得最新信息的同时，会等待合适的时间点发布。

也许，著名艺人的小孩被绑架，这新闻实在太大，媒体禁不住诱惑。

于是，即使白冰冰苦苦地哀求："拜托，不要写，不要写，真的不要写！"《中华日报》和《大成报》仍然在案发第二天的 4 月 15 日便报道了白晓燕被绑架的消息。

《大成报》后来发现可能会危及人质安全，便设法追回一万九千份印刷完并已经运出的报纸，但仍然有二百多份分送出去，无法追回。《中华日报》南部版以小篇幅报道白案，最后南部版总编辑在指责中下台。

4 月 23 日，有杂志在封面以《白冰冰重演七年噩梦，茶饭不思捶心肝 168 小时》为标题详细叙述案情。这时，绑匪已经四天没有联系白冰冰。这天傍晚，白冰冰才终于接到绑匪电话。

杂志一出刊，愤怒的母亲哭着向新闻局长投诉，警方立马四处搜购这本杂志，希望不要惊动绑匪。

在记者会上，白冰冰痛心地对媒体说："你们到底是在帮我，还是在害我？"

4 月 26 日凌晨，警方公布案情后，媒体终于可以对案情进行肆无忌惮、巨细靡遗的报道。

白晓燕被确认遇害后，有媒体刊登了被害人裸露的照片，还有媒体刊出惨遭凌虐的尸体照片。

对家属而言，自己的小孩遭遇这种事已是万般残酷的折磨，媒体再把一个花季少女如此可怜不堪的一面留在公众视野及记忆里，是不是太过无情？

当晚的电视采访中，这位刚刚失去女儿的单身母亲含泪说了一句："我孤儿寡母，你们不能那样欺负我。"

这是个很需要媒体以及民众共同反省的案例。

为什么媒体觉得他们必须用这种方法求生存？刊登实时信息甚至尸体照片是为了迎合读者的喜好吗？如果是，社会及民众对新闻媒体的期望是什么？

07. 穿梭火线的警方、绑匪与记者

记者围堵跟踪的采访方式，也在侦查缉凶过程中对警方及受害者造成很多

困扰。

在追捕过程中，警方与绑匪多次发生枪战。例如在台北五常街时，不少摄影记者为了抢到第一手“精彩”镜头，不顾自身安危地混于警方中。

警员都穿了防弹衣，但是记者可没有这些装备啊！

据报道，在五常街和石牌的两处枪战，警方就是因为必须顾及记者安全，才导致陈进兴等人一次次地逃脱。

在陈进兴挟持人质的现场，卓懋祺以及女儿梅拉妮在枪林弹雨中受伤，警方好不容易把他们安全带出官邸，却因记者及采访车围堵在官邸外，救护车无法靠近现场。

后来，还是警方故意放出错误信息，让记者们一窝蜂地去了另一个医院，卓懋祺和梅拉妮才得以顺利就医。只是，媒体记者们很快便取得正确信息，继续以各种方式轰炸卓懋祺。

躺在医院里的卓懋祺，开始接起响个不停的电话。这时，不仅台湾媒体，南非媒体也多了起来。他对南非的媒体来者不拒，他说：“我知道这些人除了关心我们的安危，也十分‘饥渴’，对任何一条新闻都不想放过，因此我只能竭尽心力地把我所知道的真相告诉他们。”

尽管如此，卓懋祺的回忆录里的一段话仍然记录了他的愤怒：“在我眼中，这些记者就像非洲大草原的野狗一样，这种全世界最残暴的掠食者一旦瞧见了猎物，对方就难以活命。他们逮到对方后，会用森森利齿把对方生吞活剥，并将对方的肉一片片活生生地扯下。”

08. 媒体与罪犯的相互利用

记者一整夜轮番上阵打电话采访陈进兴的现象，与其说是媒体自愿被罪犯操纵的结果，不如说是媒体与罪犯的相互利用更为贴切。

媒体要抢独家报道，而罪犯要一个被看见、被听见的平台。

屋外的警察曾数次高声叫喊，打断陈进兴的电话采访，催促他赶紧进行谈判。陈进兴不愿意在压迫下进行谈判，便推说是媒体一直打电话要求采访。

但是，每个采访一结束，他就马上透过窗户对外面的媒体大喊："我正在等你们打电话来，快啊！"

通过电视台的直播，一个多日来四处藏匿的通缉犯在台湾地区民众心里留下鲜活的印象：陈进兴恶言尽出，誓言报复；他述说他的不满，畅谈他犯罪的心路历程。电视机成了罪犯的传声筒。

卓懋祺对陈进兴的观察是：陈进兴讲的话"往往前后矛盾，然而却能巧妙地操纵媒体，他还对台湾地区人民最关心的议题大谈特谈，这样就轻易地紧紧扣住每个台湾人民的心弦"。比如说，质疑警方和官僚的颟顸无能，不但能引起共鸣，甚至还能赚到同情。

当媒体用一种近乎讨好的语气来提问，加上陈进兴本人放大自己的委屈、将自己英雄化，民众的情绪很容易受到媒体的影响而改变。

例如，台视记者在采访的过程中以"您"称呼陈进兴，并赞许他"是条汉子"。

最后，人质安全获得释放。陈进兴走出官邸大门，现身闪光灯前的那一刻，民众以喝彩迎接，这显示不少民众对陈进兴的情绪及观点已经被相当程度地改变了。

但是，他真的值得同情和佩服吗？就如白冰冰说的，现实中的陈进兴，只不过是个一直靠绑票为生、强暴女性、在逃亡期间仍滥杀无辜的罪犯。

09. 追寻真相的父母

白晓燕，在正要绽放的锦瑟年华，却坠落到黑暗中。

面对儿女的死亡，这些受害人家长，包括白冰冰，都想尽可能地知道案件的更多真相，例如儿女在死亡前的遭遇等，以得到些许慰藉。

追寻真相的母亲第一个想知道的是作案动机。白冰冰在回忆录里叙述，从白晓燕被绑架，到尸体被发现的十五个地狱般煎熬的日子，“留给我的是这么多的疑问与伤痛”。

绑匪为什么做出这样惨无人道的事情，对素未谋面，更无恩怨的女儿下此毒手？

白冰冰最无法原谅的是绑匪们对白晓燕做出的残忍狠毒的行为，在没有任何麻醉的状况下切断手指，只用铁丝缠绕止血，完全没有供给任何水和食物，性侵，把她活活打死等暴行。

白冰冰在陈进兴挟持卓家时，写了一封信给他。她希望陈进兴尽快释放人质，并表示愿意放下个人恩怨，协助陈进兴及其家人接受公平的审判。信末这么写着：“最后，我个人更请求你表现最后的善良，尽可能地让我知道幕后主使者和整个犯案的过程，不要让我的下半生陷在痛苦与惊惶中。”署名“心痛的妈妈”。

由于另外两个同伙已经死亡，陈进兴是最后一个有可能道出真相的绑匪。通过媒体的采访，陈进兴供称，这个被他们三人称为“天衣计划”的绑架案，作案目的是钱财。原本他们的目标是白冰冰，但是她的行程不定，难以掌握，所以他们将目标更改为白晓燕。

有没有幕后主使者？白晓燕是谁杀的？是谁将小指切断，将她打到肝脏破裂？

陈进兴则回答，确实有幕后主使者，但只有林春生知道是谁。

白晓燕是因为肚子饿，吃他们喂的月饼时，哽在喉咙窒息而死的。

至于暴行，因为白晓燕手指疼痛，所以他们给她迷幻药吃，以至于她神经错乱，吵个不停。为了使她停止吵闹，他们曾对她动粗。

根据法医检验报告，这些明显是谎言。同时，陈进兴推诿责任给另外两名死无对证的同伙，真实性也很低。

一直到伏法前，陈进兴都没有供出幕后主使者。从白冰冰的角度来看，陈进兴故意语焉不详，引起部分媒体妄加揣测，怀疑她的朋友涉案，更意图使民众对白冰冰产生误解。

白冰冰说，她无法活在一辈子怀疑任何亲友的情况中。

每天以泪洗面的母亲，开始思考女儿死亡的意义。而 8 月 19 日那场追捕绑匪的枪战中，一名警察因公殉职之事，给了白冰冰很大的打击。她突然了解到，在整个事件中，她不是唯一一个失去家人的受害者。她得到了很多人的帮助，而现在，她能做些什么呢？

命运并没有将白冰冰拉落深渊。走过悲恸，她在白案结束后创立白晓燕文教基金会，业务之一包括设立警察子女奖助学金，至今已资助数千名学童，而她自己也成为警察局的终身义工。

10. 白冰冰的一生

白冰冰面对人生苦痛的态度跟她的成长环境有很大的关系。

前面提到她在决心离开那段婚姻后回到台湾。肩负着一大家子的生计，白冰冰开始不停地工作。

在深入了解她的成长背景后，我才能理解她为什么总是在工作。

首先，物资极度缺乏的环境造就了她勤奋的工作道德观。一次水桶事件清楚地说明白冰冰如何被贫穷所影响。

有一天，阿娥（白冰冰的小名）在一口大水井边洗衣服，大家都走了，只剩她一个人。

为了一次能从井里多打一点水，她用了一只大水桶。想不到，水桶太重了，她不但拉不上来，反而被水桶拉向井里。其实，她只要放手就没事了，但是，她就是坚持着不丢掉那只水桶。于是，她便跟那桶水奋战着，小小的身躯半吊在井口。

不知过了多久，一双手从背后抱住她，传来一声大喊："白月娥，赶快把绳子放了！"

那是学校里的施老师。

阿娥还是舍不得放掉那只水桶，双手紧紧地抓着绳子。施老师只好抱着她，连人带绳子一起拉。拉了好久，终于拉了上来，水洒了一地。两个人就坐在湿地上。过了一会儿，施老师忽然放声大哭。

阿娥没哭。她只是想着，施老师救了她，为什么还哭呢?

后来，施老师在学校里常常特别关心她，让她有什么困难都说出来。

美丽高雅的施老师，大概一辈子都没想过，在一只水桶和自己的生命之间，居然会有人选择前者吧。

这个故事里白冰冰女士的形象，跟她在荧光屏前流于浮泛的形象，形成如此强烈的反差。我深深地震惊了。

同时，父母从小严格的品格教养（不能偷，不能抢，不能觊觎别人的一切，包括不能看着别的小孩吃零食）养成她不服输、永远硬着头皮找出路的个性，为家人付出的责任心，懂得感恩的心态，以及热心助人的侠义心肠。

年轻的白冰冰尽管自卑，但完全不被贫穷的处境所困。她生命中的贵人大多是因为她的不屈不挠而帮她。她流浪于舞台之间寻找工作机会时，曾带着一封介绍信，信是这么写的："这女孩很乖，家境很苦，请帮助她。"

这封信让她在桃园的蓝天歌厅唱了七个多月。这段时间，她住在宿舍里，不吃早餐和午餐，在免费供应食物的歌厅里吃晚餐，把所有的收入都寄回家。

宿舍楼下是一家同事们都很喜欢去的豆浆店，但她从来不去。有一天，她照例缺席，家境不错的同事王可丽喊她下去吃，过了一会儿，王可丽丢了一团小东西到白冰冰的房间里——是一张包着一块小石头的五十元钞票。

她心里觉得王可丽人真好，但仍然没去，觉得很丢脸，被看出来太穷了。

工作之余和同事喝一碗豆浆，多么合情合理，但她对自己却如此严苛，一心为家人付出。

工作稳定后，白冰冰开始补习英文和日文。当时她在金龙酒店唱歌到深夜，早上便去南阳街[1]上课进修。她努力充实自己，为更好地发展做准备，后来才有了赴日发展的机会。

从日本离婚后回到台湾，白冰冰马上开始找工作。在第一酒店，她坚定地告诉总经理徐先生："我很需要工作。"总经理为难地看了看她的大肚子，给了她一份在后台报幕、无须露脸的工作。生产完两个星期后，白冰冰就忍着身体的不适，开始登台表演。

数年后，第一酒店面临财务危机，即将倒闭。白冰冰虽然早已不在这里工作，但在得知此消息后，还是立刻凑了十几万给徐先生。

另外，梶原一骑数次来台湾找白冰冰，试图挽回。单亲妈妈在当时的社会仍然是不受待见的。她顶着经济等各种压力，不与他见面，坚持离婚。

那段婚姻让白冰冰认清独立的重要性。

白冰冰的事业蒸蒸日上后，来往多是名流。由于她自己吃过嫁入豪门的闷亏，知道"有钱人的饭碗不好捧"，所以她不富养女儿，希望白晓燕独立，这才让她自己搭公交上学。

这一路，有很多施老师般的贵人在她需要时，助她一臂之力。但也有很多人朝着井口踹她一脚。

她经历过刀口下讨生活的秀场时期。1982 年，白冰冰提高她在秀场演出的价格，惹怒秀场黑道老板。不久后，白冰冰在路上被刺伤，差点触及大动脉，

[1] 台北的补习街。

倒在路旁，幸好被路人救起送医。

多年辛勤的工作使白冰冰的经济条件逐渐好转，而辛苦得来的财富却很不幸地招来罪犯的眼红。

1990 年数名抢劫犯侵入白家抢劫，将白冰冰、她父母以及白晓燕五花大绑，幸好一家人被及时解救。最后是 1997 年这起绑架案让她抱憾终生。

尽管一生崎岖坎坷，白冰冰仍然是白冰冰。

（作者：知更鸟）

4

夺命嫉妒心
——台湾清华大学四角恋王水溶尸命案

尽管被女人围绕，曾焕泰却不懂得爱。
爱是需要付出、妥协甚至牺牲的。
但从他和洪晓慧、许嘉真的互动来看，他只知索取。

本篇要讲述的是1998年发生在台湾清华大学，被称为台湾治安史上三大溶尸奇案之一的命案。由于作案手法前所未见，案件又发生在最出乎大众意料的地方——校园，所以这起命案不但惊动了台湾地区，也受到各地许多媒体的关注。香港凤凰卫视称其为“台湾溶尸奇案”，还特别制作了一集专题片。多年后，人们仍然关注着这起案件的余波。

01. 发现尸体

1998年初春的校园，6月的毕业季即将到来，莘莘学子正为各自的学年目标努力着。

位于新竹市的台湾清华大学辐射生物研究所（以下称为“辐生所”）里，研究生们成天忙着做实验，记录数据，挠着头绞尽脑汁写论文。时间比金贵，每天不睡觉都不够用。

3月9日星期一，新的一周正要开始。早上9点45分，一声惊恐的喊叫倏然划破这忙碌的宁静。博士班五年级学生江士昇在辐生所二楼的演讲厅里发现了一具女尸。警方很快赶到现场。

现场弥漫着的化学药剂味大过尸臭。尸体的上半身被化学药剂腐蚀，焦黑腐烂，像个被溶解的塑料模特。

但这是一个真实的人，而这个人是谁呢？

经过排查，警方怀疑受害者是已经失踪整整两天的许嘉真。许嘉真是辐生所硕士班二年级的学生，即将于今年 6 月毕业。

这个周末，许嘉真既没有参加学校在 3 月 7 日星期六下午举办的烤肉活动，也没有如往常那样回到她位于台北、距离新竹只有一小时车程的家。无法联系到平日住学校宿舍的女儿，许嘉真的父母万分焦急，打电话请同学帮忙寻找。

接到检方通知前来的许父，站在尸体前仍然无法确认，因为尸体面目全非，难以辨认。同时，许父心里仍紧抓着最后一丝希望，不愿意承认这是自己的女儿。

检察官看到被害人腰间别着一个寻呼机，便请许父打女儿寻呼机试试。那个寻呼机果然响了。

原本期待着三个月后毕业的女儿，如今却变成一具无法辨认的尸体。许嘉真的父母立刻情绪崩溃，悲恸万分。

02. 乖乖女到底遇到了什么

许嘉真看起来和人无冤无仇，为什么会被人杀害并且毁尸？

在寻找凶手前，我们需要了解一下她这个人。

许嘉真家境很好，家住台北市大安区，从小在台湾地区最昂贵地段之一长大，爸爸是台湾电力公司的主管。

她虽然家境富裕，却也十分努力。1996 年秋天，她考入台湾清华大学辐射生物研究所的硕士班就读。

1995 年夏天，在准备入学考试时，她在补习班里认识了一个叫洪晓慧的女孩。她们为了共同的目标而奋斗，很快就熟识了起来。

这对好闺密最终考上同一所学校，就读于同一科系，住同一间宿舍，连上课都结伴同行。她们几乎形影不离。

来自高雄前镇区的洪晓慧，家境很一般。前镇区虽不算农村，但各种资源与优势仍然无法与台北相提并论。她的爸爸是船员，妈妈任职于航空公司，家里还有两个妹妹。既然没有家庭背景，洪晓慧只能靠自己努力。

许嘉真零花钱比较多，所以常常拉洪晓慧去逛街吃饭，也会送她一些小礼物。

但是慢慢地，两个人之间的友谊出现了变化。这都是由一个叫曾焕泰的学长引起的。

曾焕泰和她们同一年进入辐生所，是博士班学生。他成绩很好，入学台湾清华大学一年后跳级直升博士班。被媒体报道为“长相帅气又有才华”的曾焕泰出身于板桥望族，是家中唯一的男孩，据说爱上他的师妹“如过江之鲫”。

很不幸地，这一对闺密也落入曾焕泰的情网。

三个人里，洪晓慧拥有的资源最少，但本科学历却是最好的。她本科就读于台湾交通大学应用化学系，比许嘉真就读的长庚大学医检系以及曾焕泰就读的东吴大学微生物学系排名更高。虽然家境很普通，洪晓慧却能考上一线大学后北上就读，无疑说明她不仅优秀，而且好胜。

开学不久后，许嘉真喜欢上了曾焕泰。但是曾焕泰已经有一个公开的女朋友，也是辐生所里的研究生。由于大家彼此都认识，许嘉真的情感表达还是比较矜持的。

虽然两个人仅仅是暧昧的关系，但许嘉真在闺密面前毫不掩藏她对学长的情意。沉浸在喜悦中的她没有注意到，洪晓慧的笑容越来越勉强。

她怎么也没想到，洪晓慧也喜欢上了曾焕泰。

对可能破坏与闺密的感情以及竞争者众的处境，洪晓慧也挣扎过。但是学长对这两个师妹处处体贴照顾，让人很难抗拒。

根据过去在学业上的经验，洪晓慧相信，只要不放弃，世界上所有的目标都可以通过她的努力达到。所以，在挣扎过后，她开始暗地里和曾焕泰交往，并抢先许嘉真一步，与曾焕泰发生关系。

洪晓慧还留下和曾焕泰发生关系时使用过的保险套，清洗干净后保留。因为这是他们爱情的痕迹与证据，可以时刻激励自己还是有希望的。

根据报道，1997 年春节前，许嘉真无意间得知洪晓慧已经跟学长发生超过友谊的关系后，非常愤怒，两个人的感情开始有了重大嫌隙。许嘉真一改往常矜持的态度，开始给曾焕泰送名贵礼物，明显地要抢夺心上人。

曾焕泰在辐生所里已有一个公开的女友，但同时依然与洪晓慧、许嘉真保持往来。表面上他宣称与两个人是兄妹关系，但私底下却与她们都发生过亲密关系。

当洪晓慧、许嘉真争相送他贵重物品时，他从不拒绝且绝少回礼，让两个人陷入更深的泥淖。这对闺密甚至曾联手对付曾焕泰的正牌女友和其他情敌。

1997 年夏天，洪晓慧和许嘉真联手以不正当手段数次破坏曾焕泰正牌女友的摩托车。那年 10 月，正牌女友的研究数据也被破坏了。能够自由出入实验室又有嫌疑的只有许嘉真和洪晓慧两个人。事后因为没有证据而不了了之，曾焕泰也知道此事，却没有阻止。

1997 年 10 月某天，曾焕泰邀请所里的韩姓女助教单独外出吃夜宵。许嘉真与洪晓慧得知后，决定阻止类似事件再发生。

许嘉真让韩姓女助教到女厕所去，女助教以为厕所坏了便前往查看，因为这在她的工作职责之内。想不到，洪晓慧正在里面等着。她们不但言语辱骂女助教，还威胁女助教不可再与曾焕泰有任何交流，洪晓慧还动手打了女助教。

韩姓女助教向所长报告了这件事，希望许嘉真和洪晓慧得到惩处。许嘉真和洪晓慧的父母因这件事被请到学校去开会，但两个人矢口否认。因为洪晓慧平日看起来不像是会打人爆粗口的样子，所以所长半信半疑。

最后，许嘉真、洪晓慧以及曾焕泰三人被规定不准在非上课时间内进入韩姓女助教的办公室所在楼层。同时，所长答应韩姓女助教，如果她决定采取法律途径追究，所长将提供相关证据，但韩姓女助教事后也没有继续追究。

两个人虽然携手对外，但她们之间的竞争也一直继续着。不认输的洪晓慧开始想办法弥补自己在经济上的不足。

1998 年，洪晓慧交往了一个就读于台湾交通大学的学长男朋友。男朋友办了信用卡，大方地让她使用副卡。据报道，洪晓慧向同一个实验室的学长透露过这件事，还拿出一张万事达卡和一张维萨卡给学长看。

后来，这个学长也向同一家银行申请信用卡。银行的办卡人员得知他与洪晓慧在同一实验室后，向他透露，洪晓慧于 3 月 3 日领走了属于她交大男朋友的正卡，并在两天内刷爆额度。

两张卡的额度一共是十二万元台币。当时，一个本科毕业生在外企工作的月薪大约是三万多元台币，所以十二万元台币是一笔很大的金额。

据报道，洪晓慧刷卡购买了一部手机送给曾焕泰，也给自己买了一部。当时，手机在台湾还不普遍，价格相当昂贵。

许嘉真对洪晓慧这种不计一切代价的行为非常不高兴。她认为，是她先喜欢上学长的，所以后来才加入的洪晓慧应该离开学长。论顺序，洪晓慧还排在她后面。

但洪晓慧的价值观是，我的幸福我争取。大家都没有结婚，可以凭本事公平竞争。

两个人都想得到学长的爱和注意。两个人就这么进行着送礼物竞赛。

有传闻说，洪晓慧为了给曾焕泰买礼物，甚至在课余时间到酒店打工。台湾的酒店是陪酒的会所，所以收入比较高。

这个传闻无法证实，但由此我们可以想象，在这段多角恋情里，洪晓慧很可能是最努力想得到曾焕泰的那个人，这和她在学业上的拼劲是一致的。

03.“三〇九事件”侦查过程

惨案发生后，警方立刻成立专案小组，开启侦查。

经过法医解剖尸体，死因确定为头部遭受重击后，被浇淋“哥罗芳”导致窒息死亡。

俗称哥罗芳的氯仿，学名为三氯甲烷，是管制的有毒化学物质。它主要会对人体的中枢神经、心脏、肝脏以及肾脏造成伤害，也有麻醉的功能。

人体吸入空气中 10000ppm[1] 浓度的哥罗芳，将丧失感觉；吸入 14000 ～ 16000ppm 浓度的哥罗芳将导致重度迷醉；吸入 16000 ～ 18000ppm 浓度的哥罗芳则可能导致心肺衰竭而死，即便未死，也会产生肝肾衰竭。

除了哥罗芳，许嘉真的尸体还被浇淋了俗称“王水”的化学物质。

王水又称王酸、硝基盐酸，是一种无色的液体，由盐酸和硝酸以 3∶1 的体积比例组成。它性质不稳定，容易变质分解，暴露在空气中会冒黄色烟雾，所以一般都在使用前现场调制。

王水腐蚀性极强，是少数能够溶解金和铂的溶液，虽然腐蚀、溶解过程需要时间，而非数秒完成，但仍然非常危险。

尸体的头部、前胸、两只手臂以及腹部都有明显强酸腐蚀以及局部皮革化的迹象。从腹部至膝盖处同样呈现强酸腐蚀变化，尸体和衣服分别呈灰黑及黄绿色。

而牙齿、食道、胃部未被腐蚀，气管、支气管也有部分未被腐蚀，没有大面积坏死，据研判是死后才遭王水浇淋。

检方和警方初步研判现场的状况，认为这是一宗经过精心设计的犯罪。

首先，尸体旁有个保险套，女子似乎是受到性侵害后被毁尸灭迹的。而化

[1] 1ppm 为百万分之一。

学药剂的使用需要专业的知识及材料的取得，所以凶手很可能是校内人士。

确认被害人的身份后，警方从许嘉真的人际关系开始调查，很快锁定曾焕泰和洪晓慧：前者是死者生前亲密交往的学长，后者是死者的同学、室友、闺密兼情敌。

两个人被长时间讯问后，曾焕泰解除嫌疑并被释放，洪晓慧则被扣留。据调查，她与许嘉真有经济以及感情纠纷，嫌疑重大。

但是，在三十一个小时的侦讯后，洪晓慧仍然坚决否认，毫不松口，直到证据摆到了她眼前。

首先，案发现场的演讲厅并不对公众开放，进入者必须有识别证。监控记录显示，3 月 7 日那天，有人使用杨雅婷（化名）的门卡数次进出。而杨雅婷指认，是洪晓慧向她借了门卡。

第二，在许嘉真的毛衣上，警方采集到一枚断裂的女性指甲。经过比对，这枚指甲与洪晓慧的左小指的指甲痕纹相符。

最后，警方在洪晓慧的宿舍房间里找到一件黑色外套以及一双球鞋，上面有与许嘉真 DNA 相符的血迹。

讯问当时，洪晓慧的母亲也在场。据说，洪晓慧很依赖母亲。洪母劝洪晓慧，如果做了就要承认。在洪母的劝告下，洪晓慧终于抱着洪母痛哭，承认犯案。

3 月 12 日警方宣布破案。

04. 还原犯罪经过

洪晓慧供认了案发经过。她说，许嘉真的死是一场意外，并非她预谋的。

3 月 7 日凌晨 3 点 51 分，她用刚买不久的手机呼叫许嘉真的寻呼机，许嘉真马上回电。洪晓慧约她到二楼的演讲厅谈事情，许嘉真如约而至，两个人在

4 点左右一起进入演讲厅。

两个人在言谈中发生争执，并演变成肢体冲突。

洪晓慧承认是自己先动手的。她甩了许嘉真一巴掌，导致许嘉真摔倒在地上。洪晓慧并未住手，而是向前一步，继续殴打倒在地上的许嘉真。许嘉真也还击，两个人在地上扭打了起来。

洪晓慧取得优势，跨坐在许嘉真身上，将她压在地上，双手用力掐住她的颈部。几经挣扎后，许嘉真翻转到讲台旁，脸朝下。

洪晓慧抓住她的头发，用力将她的头撞向石面地板。没多久，许嘉真一动也不动了，全身伤痕累累，大量出血。

此时天色已微亮。洪晓慧怕许嘉真醒来后张扬此事，便到同一栋楼的 B205 实验室取来一瓶哥罗芳，倒在许嘉真的脸部及后脑勺。

接着，她拉起许嘉真的双脚，沿着演讲厅第二走道的阶梯，脚上头下地把她往上拖到演讲厅的左后方。在拖拉的过程中，许嘉真的脑部由于与阶梯的垂直面碰撞而产生许多挫伤，到处都血迹斑斑。

洪晓慧又到实验室里拿来纱布，蘸着剩余的哥罗芳擦拭现场的血迹。清理干净后，她回到实验室，将甲醇装入哥罗芳空瓶，摆回原处。

躺在演讲厅里的许嘉真，由于颈部的按掐和头部的猛烈撞击而陷入昏迷。而吸入哥罗芳后，她陷入更深度的昏迷。

之后，洪晓慧照常参加了星期六早上 9 点的实验室讨论会，以及当天下午学校举办的烤肉活动。

许嘉真于当天早上 7 点到 8 点之间死于窒息。

晚上 9 点 15 分，洪晓慧用同学杨雅婷的门卡回到演讲厅，发现许嘉真已断气。一时间，她不知如何是好，于是回到宿舍房间，想着怎么处理尸体。

这一晚上，她都是用杨雅婷的门卡进出演讲厅和实验室的。为了不引起注意，她没有开演讲厅里的灯，而是用一把自备的手电筒照明。

晚上10点31分，洪晓慧回到演讲厅，开始了她的计划。她试着将尸体塞入空调机的橱柜里，却因力气不够而作罢。

接着，她想到了一个法子。

她从B205实验室拿来盐酸和硝酸各一瓶、一只量筒和四副做实验用的手套。在尸体旁，洪晓慧戴上手套，将盐酸和硝酸依照比例倒入量筒，开始调制王水，随后将调制好的王水浇淋在许嘉真的脸、颈及胸部。

但是盐酸用完了，无法调制更多王水。洪晓慧拉下许嘉真身上的长裤，将剩余的硝酸倒在她的腹部到膝盖处。

处理完这一切，洪晓慧将空瓶及量筒带回实验室，将空瓶注满自来水，摆回原位。她回到宿舍房间，拿了一只她先前与曾焕泰发生性关系时使用并清洗过的保险套，再度回到演讲厅，将保险套放在尸体的左手臂下方。

接着，她清理现场。她把擦拭血迹的纱布、使用过的四副手套带回宿舍房间，与一身的衣物一起用报纸包起来，装入一只塑料袋，扔在宿舍门前的垃圾箱里。

除了在现场摆放保险套，意图误导检方和警方朝着奸杀的方向侦查，事后，洪晓慧更制造了许嘉真仍然在世的假象。她耐心破解许嘉真的社交账号密码，冒用她的身份与曾焕泰和其他同学聊天，并用校园里的电脑给曾焕泰发送电子邮件。

05. 冲突

那么，洪晓慧究竟为何杀害许嘉真？仅仅是因为争风吃醋吗？

案发前一天3月6日上午10点，洪晓慧向许嘉真借信用卡。下午3点多，洪晓慧用许嘉真的信用卡在市区的百货公司里购买了香水和化妆品，共三笔消费，总计三万七千零八十六元台币。下午6点多，她回到台湾清华大学雅斋一楼宿舍房间，将信用卡还给许嘉真。

晚上 9 点，两个人与另一个同学吴志华（化名）搭乘由曾焕泰驾驶的私家车到市区购物。10 点左右，他们来到一家体育用品店。许嘉真要购买一双球鞋时，被店家告知她的信用卡已超过八万元台币的额度，无法使用。

在电话里与银行人员核对消费内容后，许嘉真质疑洪晓慧盗刷了她的卡，两个人为此起了争执。最后，曾焕泰用他的信用卡买下了那双球鞋。

几个小时后，两个人约见在演讲厅，就是为了厘清这件事。

在演讲厅里，洪晓慧开门见山地问，明明是许嘉真答应借她刷卡购物，为什么在曾焕泰面前质疑她盗刷信用卡，让她百口莫辩，很没面子？

后来的判决书里，洪晓慧盗刷的罪行不成立。

许嘉真没有回答这个问题，却质问洪晓慧是否曾经跟曾焕泰在苗栗县竹南镇台湾养猪科学研究所的宿舍过夜。接着，她要求洪晓慧停止与曾焕泰交往。

洪晓慧直接拒绝，表示她不会离开曾焕泰。法院判决书记录了许嘉真以下的话：“你很贱你知不知道？连张静婷（化名）都说你和曾焕泰是狗男女，我看也差不多。你不是喜欢王一丰（化名）吗？怎么又去搞曾焕泰？像公共厕所一样。跟我说什么把曾焕泰当哥哥，是兄妹之情，那你是觉得近亲相奸很爽吗？”

洪晓慧怒了，扇了许嘉真一巴掌，力道之大令许嘉真踉跄一步，倒在讲台前的阶梯上。倒地后，她嘴里仍然不停地喊着“你就是贱！”来辱骂洪晓慧。

洪晓慧上前，继续殴打许嘉真，许嘉真也还击。两个人在地上扭打了起来。这一切都发生得太快，命案很快就发生了。

这里隐藏了引爆肢体冲突的一个重点。

许嘉真似乎并不在意信用卡被刷爆的事。她的目的是让洪晓慧退出这段已经太多人参与其中的恋情，结束与曾焕泰的关系。因为她认为，凡事总有个先来后到。

许嘉真在跟其他朋友聊天时，曾经写了这段话：

“我知道自己是小的啊，所以大的对他要求什么，我也都尽量配合，只希望他在剩余的时间能陪陪我就好。可是洪晓慧不一样。她比我还晚来却什么都要，还要我把情人让给她。我不愿意！我知道我没办法永久拥有他，但是我希望至少在毕业之前的这段时间里，能拥有一段快乐的回忆，难道这样也算过分了吗？”

这段话里，“大的”指的是曾焕泰的正牌女友，而“小的”是指许嘉真自己。她认为，自己是在正牌女友之后喜欢上学长的，所以只能居后，算小的。基于这种心态，她不敢期望占用学长太多时间，愿意尽力配合，只求毕业前的最后几个月还能有一些温暖。

怕失去曾焕泰，许嘉真宁可委曲求全，接受不对等的关系。给曾焕泰发邮件时，她称呼曾焕泰为“大大”，并称自己为“小小”。

但洪晓慧偏不，她认为自己只是在争取自己的幸福。她的不服输、奋不顾身对许嘉真来说特别难以忍受。但许嘉真又拿她没办法，只好用别的方式打击她，希望她能知难而退。

洪晓慧在供认犯案时称，两个人爆发冲突是由于许嘉真以信用卡为由设计她。这个指控或许有几分真实性。

06. 法律 vs 道义责任

在这个事件里，许嘉真失去性命，洪晓慧失去十多年的青春，受尽社会的指责，还被判了可能要偿还一辈子的上千万元台币的民事赔偿。唯一没有承担法律责任的就是曾焕泰。

没有违反法律，曾焕泰就没有过错、没有责任吗？

在感情的世界里，曾焕泰坐享其成，享受着群花的簇拥。许嘉真和洪晓慧辱骂、殴打韩姓女助教，这些事曾焕泰都知道，但他依然没说什么。

这些暴力事件的发生已经频频地显示，事情正在朝错误的方向发展。

许嘉真早有预感会有危险发生。她在 BBS 上聊天时向同学表示，她与洪晓慧的冲突越来越多，“如果我有什么三长两短，那一定是洪姓同学做的”。

曾焕泰不断索取这些女性的情感和物质，对日后悲剧的发生也起了很大的作用。

曾焕泰的行为被多方批评。校园里的讨论说他是小白脸。两性关系专家、台湾清华大学的学校调查委员会、媒体民众等，都指出曾焕泰劈腿行为的不当，甚至有报道以“渣男引发血案”为标题。

两性关系专家江映瑶指出，曾焕泰不对的地方在于没有责任感，以及没有保持合宜的距离。很多已婚或未婚男人抱着这样的心态：我已经坦诚宣告我有老婆或女朋友，如果你还不放手，这是你的选择。这是你自愿的，所以你要自己负责。

就这样，他们把责任推得一干二净。

同时，他们尽管已经宣告有老婆或女朋友，但还是继续放电、撩妹，各种温柔体贴。他们明知道自己是吸引人的，还继续用这种方法跟她们相处。在他们享受众星拱月的虚荣心以及其他好处时，付出代价的是步入感情圈套的另一方。

在知道洪晓慧和许嘉真是为了争夺自己的感情而发生这些不可逆转的伤害后，曾焕泰在一段采访中是这样解释的：“跟这个……个人的个性或是想法，有时候想不开，或是比较钻牛角尖，才会造成今天这种情形。当然我自己也是免不了，脱离不了要负一些个人道义责任这样子……觉得是……蛮难过的。就是说，因为大家至少都是相处一年多的同学了，那现在发生这种惨剧……嗯，以后要注意自己的行为。”

曾焕泰的议员堂叔曾文振告诉媒体，曾焕泰的父亲对媒体称呼曾焕泰为该案“男主角”感到相当难过和不解，希望大家让过去的事过去，不要一再重提此事。他表示，当年曾焕泰因承受极大压力而不敢出门，情绪相当低落，对人生未来充满挫折感，多年后生活才逐渐恢复正常。

没有父母愿意看着孩子陷落人生谷底，这我们可以理解。但是公开发表这种言论，对许嘉真和洪晓慧的父母似乎少了一点同理心。许嘉真和洪晓慧为他的行为付出惨痛代价，而他被称为该案男主角却很委屈？

这种缺乏同理心的思维也就能解释曾焕泰在处理感情时的自我中心了。

作为望族之后的曾焕泰，背后有把强大的保护伞支撑着他。他习惯了别人为他付出，他未来的成功已经被安排好了。他拥有的各种资源远远超越洪晓慧和许嘉真，包括女人也是从来不缺。

尽管被女人围绕，曾焕泰却不懂得爱。爱是需要付出、妥协甚至牺牲的。但从他和洪晓慧、许嘉真的互动来看，他只知索取。

所以，即使舆论曾经质疑许嘉真的死是否有共谋，就算有，我认为也不可能是曾焕泰。他不会为了洪晓慧或任何女人去做毁灭自己前程的事。

07. 判决与后续

庭审时，检察官要求判处嫌疑人无期徒刑。最后嫌疑人以杀人罪十五年以及毁坏尸体罪三年六个月，被判处共十八年六个月的刑期。2007 年依照“减刑特例”减为十六年。

法院基于什么理由没有做出无期徒刑的判决呢？

第一，嫌疑人事后非常后悔。

第二，事发当时，她受到被害人的尖锐言辞讽刺，一时失去理智，才犯下大错。

第三，当时因为与被害人发生激烈冲突，嫌疑人才临时起意对被害人施暴。嫌疑人并非穷凶极恶之徒，并未蓄意谋害被害人。

除了有期徒刑，嫌疑人还被判民事赔偿两千四百一十七万元台币，同时被台湾清华大学勒令退学。

洪晓慧认罪后非常后悔，要求见许嘉真的父母，以亲自道歉。

在庭审时，她数次对他们下跪道歉，声泪俱下，也试着将抄写的《心经》送给他们，并全数允诺法院判处的高额民事赔偿，希望借此补偿，但都遭到拒绝。

不过，许嘉真的父母也没有主动要求法院对洪晓慧判重刑，只希望查明真相。他们一度坚持，洪晓慧无法独自杀害许嘉真并处理尸体，怀疑有共犯。后经过调查，法院认定是洪晓慧单独完成的。

在狱中，洪晓慧受洗为基督教徒，也慢慢重新找回生命的重心。她决定出狱后从事翻译工作来完成民事赔偿，于是开始用功地钻研英文。

服刑期间，洪晓慧表现良好。但因法院考虑被害人家属心情，洪晓慧前四次申请假释都未被允许。2008 年，第五次申请假释通过，洪晓慧在服刑十年八个月后出狱。据报道，法院曾试着联系被害人家属，但无法联络上，应该是许嘉真的父母不愿意对假释一事表态。

服刑期间，洪晓慧曾多次表示，这辈子最大的期待就是得到许嘉真的父母的原谅。她多次在媒体前向社会大众道歉，出狱前还发表了一份心情自白："因为所犯的错，带给社会不安，伤害学校（指台湾清华大学）声誉，更带给许家无法弥补的伤痛，真的很对不起。在监十余年，经由各界对我的教导和协助，我学会对自我情绪的管理，我不敢再意气用事，当我遇见无法解决的困境时，我会勇敢寻求解决方式，不再做出伤人、伤己的事情。谢谢社会这十多年来给我的宽容，也谢谢大家给我一个自新的机会，未来的日子，我会约束好自己的行为，并本分做好该做的事，也会尽全力弥补所造成的伤害。真切地向许家和社会表达最深的自责和歉疚。"

出狱后，洪晓慧想过完成学业。台湾清华大学表示欢迎她再次报考，但最后她决定在家多陪陪母亲。

曾焕泰也离开了台湾清华大学，却是被校方要求主动退学的。根据报道，破案后数天，学校接到数百通来自学生、家长以及各界人士的电话，人们在电话里严词指责曾焕泰，要求校方对他的行为做出处置，不能让他继续留在学校念书，原因是他严重破坏了台湾清华大学的名誉。

尽管发生了这么重大的事，但曾焕泰并没有违反校规，所以校方没有法源依据对曾焕泰做出勒令退学的处置。在高涨的民意下，校方召开紧急会议后，决定要求曾焕泰自己提出退学，而曾焕泰也签署了同意的文件。

曾焕泰后来去海外留学，博士毕业后回台工作。据报道，他一直未婚，曾经想过与洪晓慧见面，未果。

（作者：知更鸟）

5

极端完美主义者告别世界的方式

——洪若潭焚炉命案

策划这起自焚案的手法离奇且缜密，
即使在世界范围内，警方至今也未发现类似案例，
负责此案的检察官称之为“世纪奇案”。

2001年，台湾彰化县二林镇，一对夫妻被发现陈尸于自家的焚化炉内，疑似自焚身亡，而三个孩子从此不知所终。策划这起自焚案的手法离奇且缜密，即使在世界范围内，警方至今也未发现类似案例，负责此案的检察官称之为“世纪奇案”。

01. 父母自焚，子女人间消失

这一家人是洪若潭、姚宝月夫妇，以及三个子女：长子洪崇釜、次子洪崇茬和幺女洪孟瑜。

洪若潭，案发时五十一岁，是众源公司的老板。公司位于彰化县的彰滨工业区，业务以制造胶带和贴纸为主。在家中排行老大的他有两个弟弟、一个妹妹。

四十八岁的姚宝月是洪若潭的第二任妻子。他的第一任妻子在十多年前因车祸意外去世，后来他经人介绍与姚宝月结婚。

家里三个孩子是第一任妻子所生。二十三岁的长子洪崇釜生于1978年，案发几个月前刚以优异成绩毕业于桃园的中原大学，并保送上了物理系研究所。

二十二岁的次子洪崇茬生于1979年，在父亲的公司里工作，和父母住在家里。

唯一的女儿洪孟瑜生于1982年，十九岁，就读于位于台南县的致远管理学院幼教系。

大儿子和女儿在外地上学，平日家里就住着洪姓夫妇和二儿子。

2001 年 9 月 5 日早上，洪若潭没有如往常般去办公室。但是，公司里有一张支票跳票，必须由负责人来处理。总经理苏泉锡一直试着联系洪若潭，却联系不上。

事关重大，总经理决定亲自前往洪若潭家。下午，他与在公司里任职的洪若潭的姑父一起驾车来到公司南边约五十公里处的位于彰化二林镇的洪家。

这是一座占地约九千平方米的大宅院。据报道，当时大门是反锁的，表示屋里有人。但两个人在门口按门铃、叫喊多时都无人应答。最后，他们只好翻入围墙。

更奇怪的是，对这两个入侵者，家里两只又大又凶的狼狗并没有出现来护卫家门。9 月艳阳下的大宅子，里里外外都不见洪姓夫妇的踪迹，散发着一股不寻常的安静。经过一番寻找，他们在客厅里的茶几、供桌上以及主卧室里各发现一封遗书。

这三封内容一样的遗书复印本，是写给洪若潭的妹妹洪玉燕的。里面说道："当你看到此信，我们夫妻已带着孩子离开这个丑陋的世界，三个孩子我们夫妻已照他们生前的愿望，将骨灰磨成粉，洒入大海。"

他们马上报警。

当时警方无法确定遗书真假，便开始里里外外地搜索。在后院的小型花园里，摇曳的大王椰子树影下，警方发现一座外观看来很新的焚化炉。这座可以容纳四个成人的焚化炉长 2.4 米，宽 1.7 米，高 1.7 米，成年人弯着腰可以走进去。

常见的焚化炉一般体积很大，都是用于工业的。在普通居民的住宅院子里出现了这样一座小型而少见的焚化炉，给人感觉非常突兀。

警方注意到，焚化炉旁边有一台用来研磨的粉碎机，而焚化炉门前有两双拖鞋，一黑一红，朝前摆放着。

调查人员靠近仔细查看时，还感觉得到焚化炉的余温，焚化炉似乎刚被使用过不久。没承想，炉里竟然躺着两具上下交叠的焦黑尸体，头朝着炉门，双脚朝着后方。

由于尸体下半身都已呈现白骨化，DNA 遭受高温破坏，化验很困难。鉴定人员用残留的遗骸比对，得以确定这两具尸体是洪若潭与姚宝月夫妇。

姚宝月仰躺在底部，焚烧严重，颈部以下都烧成灰烬。而洪若潭趴着，感觉像是保护着妻子，胸部以上并没有完全燃烧。经过解剖后，洪若潭的气管里发现积碳，表示他在死亡前的瞬间仍然有呼吸，并可能经过剧烈挣扎。姚宝月的气管里则没有发现积碳，表示焚化炉启动前，她已失去意识，甚至已死亡。

炉内还发现两个玻璃注射针管，一个已破碎，另一个已烧熔变形。残留的液体经化验后，确认含麻醉剂及安眠药成分。

此外，现场还有两副已经破碎的眼镜。警员找到姚宝月配眼镜的眼镜行，工作人员指认其中一副眼镜属于姚宝月。另外一副眼镜的镜片经还原后确认近视度数为二百到三百二十五度，与洪若潭的近视度数相符。二儿子近视四百多度，而大儿子与女儿都是五百多度，度数差距更多。

02. 自杀还是他杀？

死者身份是确认了，但是，警方是如何确定这是自杀而非他杀的呢？

这座内部长 0.9 米、宽 0.9 米、深 1.65 米的焚化炉成为此案最重要的物证。首先，这座焚化炉是哪里来的呢？如同一名办案刑警所说："谁会买焚化炉放在家里？这太不寻常了。"

这座要价六十多万元台币的焚化炉，是洪若潭亲自订购的。厂商老板告诉负责调查的警员，7 月份洪若潭向厂商询问订购事宜，并于 8 月 3 日下订单，25 日安装完成。两天后，洪若潭要求厂商加装定时定次、延迟点火、防热烤漆板以及内部上锁等功能。

9月2日，厂商接到洪若潭的来电询问。洪若潭称，他烧了两只狗来测试，效果很好，但过程中产生的热气和烟雾太大，会伤及种植在边上的椰子树，是否有解决的办法。厂商告诉洪若潭，只要将送风的风量开大即可改善。

厂商还告诉警方，他在安装焚化炉之前曾到洪宅勘察地形。当时，他并没有看到什么可以焚烧的物件，便问了洪若潭。洪若潭回答道，他种了很多棵大王椰子树，也养了一些动物，有了焚化炉便可以直接在家里烧动物尸体和椰子树的落叶。

在与洪若潭沟通的过程中，厂商印象最深刻的是两项特殊要求。第一，延迟点火装置。洪若潭要求焚化炉的火在启动开关并完成设定的一分半到两分钟之后才开始点燃。警方以此推论，洪若潭就是利用这段缓冲时间，先把妻子抱进去后，再启动开关。

第二项特殊要求是加装内部关闭、反锁功能。为什么要求这么奇怪的设计呢？至此，洪若潭自杀的意图已非常明显。厂商激动地说，如果当初知道洪若潭购买焚化炉的目的，他绝对不忍心做这笔生意。

最后，厂商依照洪若潭的要求完成了延迟点火装置，但没有加装反锁的功能。反锁其实并不是困难的技术，但或许厂商是刻意忽略这个异常诡异的要求的吧。

但是，如果洪姓夫妇是自杀，而焚化炉的门又无法从内部锁上，那他们是如何关闭炉门的呢？

警方在打开焚化炉时，发现炉门并没有完全紧闭，而是有大约半截手指宽的缝隙。接着，警方还发现了一条粗细如卫生筷尖端的铁丝，被用来固定关上的炉门。铁丝的一端缠绕在焚化炉外左侧底部，接着延伸到焚化炉进门处，向内折回后，另一端则缠绕于门后一个圆形螺丝上。

这条从内部固定炉门的铁丝直接证明了洪姓夫妇是自杀的。如果有人从外面将门关上，铁丝便没有存在的必要。而且，此案若是他杀，有人企图毁尸灭迹，炉门必须紧闭才能完全燃烧，使得没有残骸可以化验、比对 DNA。

警方在洪若潭的工具间里发现好几捆粗细不同的铁丝，而其中一捆的直径与那一段被用来固定焚化炉门的铁丝相同。

如果遗书中关于一家五口已身亡的部分为真，整个过程应该是分成两个阶段来进行的。

9 月 2 日，洪若潭焚化了两只狼犬，完成测试。9 月 3 日至 4 日，他们先火化了三个孩子，并处理骨灰。这是第一阶段。

第二阶段开始于 9 月 5 日早上。

警方推测，洪若潭在固定好铁丝外侧，将妻子抱入焚化炉后，先给自己注射麻醉剂及安眠药以减轻痛苦。接着，他开启并设定焚化炉，再走进焚化炉，拉上铁丝的这一头缠绕于螺丝上，将门固定住。

他必须在麻醉剂和安眠药起效前以及焚化炉开始燃烧前的一分半到两分钟内完成这些步骤，才不会发生还没进入焚化炉或还没固定好炉门就已经失去行动能力的状况。

案发当天，警员打开电源开关箱时，发现电源呈现开启状态。控制箱里有个液晶屏幕，显示着“02”的数字。这表示最近一次的使用者设定了两次连续启动燃烧，一次是两个小时，一共是四个小时。

整个程序的每个步骤都经过事前多次推敲，以确保精准执行。但高温燃烧导致铁丝熔化，或是两次燃烧之间的热胀冷缩作用导致门微微地打开，产生缝隙，才产生了尸体燃烧不完全的状况。而火焰从焚化炉里向外蹿出，导致炉门下方的边缘都被熏黑。

可是，如果姚宝月是被抱进焚化炉的，她的拖鞋为什么在焚化炉门外？我认为，这是一个完美主义者对细节的执着（后面会分析洪若潭的性格）。

生命的最后片刻，全家只有洪若潭是清醒的。躺在焚化炉里抱着妻子的他预期着数秒之后，高达一千二百摄氏度的火舌将瞬间蹿出，而他连哀号的机会都没有，就这样结束自己的一生。

警方在搜索时发现，屋子内外整齐干净，没有任何打斗痕迹，完全不像命案现场。屋内陈设干净素雅，客厅里摆着百万级音响以及冠军犬奖杯。包括书房在内的所有房间都一尘不染，连被子也叠得方方正正。若是他杀，不太可能也没有必要在事后收拾得如此彻底。

03. 父母焚化子女后自焚?

经过地毯式搜索与调查，警方慢慢地拼凑并且还原出部分案情经过。但真正无解的谜在于洪家三名子女的下落。案发后，他们仿佛人间蒸发，再也没有出现过。

说法一：死亡说

根据现场发现的遗书，洪若潭夫妇已带着三个子女离世。对于这个说法，公司总经理告诉警方，洪若潭心情一直不好，曾经数次对他提过要带着妻子和三个儿女一起寻死，而且小孩也都同意随同父母自杀。

洪若潭的友人也对媒体表示，洪若潭做事要求完美，不希望在离开这个世界后，留下他最心爱的孩子让外人指指点点，一辈子背负着“父母自杀”的污名，抬不起头。

但是，警方在焚化炉和粉碎机里都没有采集到三个子女的 DNA，而洪姓夫妇和两只狼犬的 DNA 都采集到了。根据事发时间线，焚化的顺序应该是狼犬第一（9 月 2 日），儿女（9 月 3 至 4 日）第二，最后才是洪姓夫妇（9 月 5 日早晨）。如果三个儿女都被焚化了，为什么采集不到其中任何一个人的 DNA 呢?就算儿女们先于狼犬被焚化，也没有理由采集不到吧。

莫非，他们从来没有被焚化？

不过，警方确实在洪若潭的五辆自驾车的其中一辆的驾驶座下方脚踏板上发现了海沙。这是唯一与遗书说法相吻合的细节，或间接证据。

但我认为，洪若潭夫妇去海边也可能是去处理两只狼犬的骨灰的。那两只狼犬是名贵的冠军犬，也是洪若潭心爱的宠物。依照他的性格，他很有可能会这么做，而且位于彰滨工业区的公司就在海边，距离沙滩只有十分钟不到的车程。

说法二：仍在世说

尽管找不到三名子女已经不在人世的直接证据，但案发十多年来，也没有任何他们仍在人世的征兆。同时，也有一些不支持三名子女已死的说法流传着。

根据报道，洪玉燕认为她的哥哥不应该，也不会那么残忍地杀害小孩。而在案发多年后买下洪宅的李先生曾经对记者声称，他有一点线索，认为三名子女仍然在世。当记者继续追问，一向坦率的李先生却不愿多说。

04. 最后的行踪

那么，我们能不能从三个子女消失前的最后行踪得到什么蛛丝马迹呢？

案发前几个月，一家人特地北上到桃园参加了大儿子洪崇釜的大学毕业典礼。在这几张仅存的照片里，全家人笑容满面。

中原大学学务长许政行告诉媒体，洪崇釜是毕业班班代表，跟同学感情很要好，且非常有服务热情。品学兼优的他，将迎来研究生的新生活，不像对人世失去眷恋。

案发前，洪崇釜在学校里为 9 月 14 日开始的新学期做着准备。8 月 23 日，他接到妈妈（姚宝月）的电话，说外婆过世了，让他回家奔丧，但他过了几天才回家。8 月 31 日，一个同学打他手机，联络一些学校的事情。同学称，整个通话过程中，洪崇釜没有任何异样，而且还跟同学约好 9 月 2 日回学校。但到了 9 月 2 日，他却没有出现。

9 月 4 日，同学再度拨他的手机，却发现手机停机了。同学以为是手机没电，于是拨打他家里的电话。电话是他妈妈接的，称洪崇釜带妹妹出去玩了。同学知道他和妹妹感情很好，所以并没有多想。

在公司里上班的二儿子洪崇荏，事发前也一切正常。但住在家里、与父母互动最多的他，还是留下了一些信息。警方从他的笔记本记录发现，这件事在案发半年前就有迹象。

2 月 9 日，洪崇荏在笔记本写下："爸爸为了奶奶的事想死。"之后又写下："中午和妈妈谈奶奶的事，真没想到连妈都想死。"半年后，洪若潭开始采取行动。8 月 13 日，洪崇荏写下："爸问我，如果他要去死，我会跟他去吗？"

而在台南上大学的女儿洪孟瑜，上学期尚未结束就没有再去学校。一位同学告诉媒体，同学们对此都很惊讶，彼此相互联络，但没有人知道她为什么没有说一声就离开学校。

自焚事件曝光后，师生同学诧异，台湾地区社会震惊。三个儿女都已成年，大儿子甚至研究所就学在即，有可能同意并配合父亲这种集体式自杀的行为吗？如果他们不同意，夫妇俩如何能顺利地取走三个成年人的性命？或许，是在三个子女失去自由意志的情况下进行的？

洪崇荏的笔记本里还出现了一句："我不认同爸爸对死亡的看法。"一位参与调查的警察在采访中猜测，洪崇荏可能是被杀害的。

除此之外，警方在女儿的房间里发现两处血迹，确定属于洪孟瑜。儿子的房间里也有四处血迹，但由于检体量很小，无法确认身份。

警方推论，这些血迹有可能是三个儿女在被注射麻醉剂时，插入或拔出针头时留下的。但是这个举动是儿女们自愿还是被迫的，则不得而知。

警方在屋内还发现了一些电击棒使用过的耗材，并推论出另一个可能性：

洪姓夫妇是否先以电击棒控制儿女后，再进行注射呢？

此案最终以洪姓夫妇自杀、子女失踪结案。案发七年后，经家属提出申请，彰化法院宣告三名儿女死亡。

05. 动机与经过

洪若潭事业有成，家庭美满，经济条件优越，为什么夫妇俩会选择走上这条路？遗书正本在案发两天后寄到了住在屏东的洪若潭妹妹洪玉燕手里，里面指控了母亲与兄弟，并指责混乱的时局。

家族关系长期不和睦

尽管洪若潭已经与姚宝月结婚十多年，但洪母及其他家人仍无法接纳姚宝月，导致家族关系长期失和。

两个人结婚时，洪若潭的经济条件远远不如案发当年。第一任妻子意外身亡后，洪若潭获得一笔上千万元台币的保险理赔金，才用这笔钱成立了公司。他认识姚宝月是经过他人介绍的，并非自由恋爱。

婚前洪若潭担心如果再生，姚宝月可能会偏袒自己亲生的孩子。为了杜绝这种可能性，洪若潭承诺，只要姚宝月不生孩子，他会给她一个美满的家庭。由此可以看出洪若潭很心疼三个年幼就失去母亲的孩子。

姚宝月不但尽心尽力地照顾孩子、操持家务，为了让丈夫没有后顾之忧，更在婚后不久便结扎。这个出自她意愿的举动很让洪若潭感动。但是，遗书里写着，这个“无私的举动”并没有感动他的母亲及手足。

“他们不但把可怕的后母形象灌输给孩子，还为了一点私利，离间我们夫妻和孩子的感情，在亲戚朋友面前说出不当的言论，做出不当的举止，令人无法生存下去。”

遗书里提到的“私利”，主要是指洪若潭与弟弟们的财务纠纷。

洪若潭的父亲在生前贷款购买了土地，这笔贷款后来由洪若潭独力偿还。另一个说法是，洪家兄弟在洪父过世后继承了土地，而洪若潭的弟弟们抵押了他们继承的那份土地，向银行借钱后却无力偿还。最后，洪若潭还清债务，并将土地归于自己。

无论是哪个版本，洪若潭认为，钱是他出的，土地自然归他所有。但他的母亲不认可，认为洪若潭对弟弟太苛刻，将属于两个弟弟的土地占为己有。

两个弟弟对洪若潭的做法也不以为然。遗书里指出：“特别是洪锡麟，一个高级知识分子，尽管最了解家里的各种状况，不仅没替我说句公道话，还加入其中，这是大哥我最不能原谅他的地方。”

根据这段话可以得知，除了嫁出去的妹妹洪玉燕，整个家庭站在同一阵线对抗洪若潭。

后来，洪若潭更是在这片有争议的九千多平方米的土地上盖起了豪宅。愤怒的洪母搬了出去，靠回收废品维持生活。慢慢地，乡间便有了“洪若潭住豪宅，母亲捡破烂”的传闻。

据报道，洪母常常对亲戚朋友以及街坊邻居说三道四。尽管遗书里没有细述这些财务纷争，但乡里之间传得沸沸扬扬、人尽皆知。洪若潭百口莫辩，加上他的性格原本就不爱与人往来，那栋围墙高筑的大宅院更是明里暗里地搅动着大家的忌妒心，坊间对洪若潭夫妇的评论就更难听了。

爱惜名誉的洪若潭对此事耿耿于怀，洪若潭的友人也曾多次劝他好好处理家事。但一如洪若潭的遗书开头所说：“家家有本难念的经，我们家不只何其多，还特别多。”

据报道，警方在洪孟瑜的日记里发现这段话：“8 月 8 日[1] 不敢跟父亲说父

[1] 台湾的父亲节。

亲节快乐，心中懊恼，家里风波不断，一波未平一波又起，美满的家庭难道和我的家无缘吗？为什么我的家会这么糟糕？”

由此可见，这场悲剧是经年累月的家族不和睦导致的。

06. 债务庞大？

人们猜测的另一个自焚理由是为了躲避债务。二儿子在笔记里透露，爸爸曾向他表示后悔投资扩大厂的规模，而当年警方将此信息列为重要线索之一。案发七年后，银行的一封信更爆出了洪若潭生前有两亿多元台币债务的消息，于是“庞大债务导致轻生”的传闻便开始流传。

我认为因躲避债务而轻生的可能性不大。

第一，洪若潭生前的两亿多元台币债务是案发当年就知道的，因为警方也清查了洪若潭的财务，包括公司的经营状况。这个数字尽管听起来有点吓人，但当时洪若潭的资产大约有五亿元台币，并不存在资不抵债的状况。

同时，公司员工以及洪若潭的多位友人都证实，公司经营稳健，只要继续勤勤恳恳地经营，还清债务是没有问题的。

第二，像洪若潭这样一个连自己身后事都要计划、掌控的人，不太可能让债务逼自己走上绝路。再者，从他确保年幼的孩子得到照顾、对妻子做出承诺的行为来看，这种有责任感的人不太可能会为了逃避债务而放弃一切。

至于后悔投资扩大厂的规模，应该是来自他的压力。案发那天，已踏上黄泉路的洪若潭还被一张跳票的支票纠缠不休地追赶着……

07. 性格分析

就算要寻短见，为什么洪若潭要如此大费周章地购买所费不赀的焚化炉，并且用这么激烈的方式来完成?

我认为，洪若潭要彻底消失于这个令他痛心、失望的世界，一次性地完全消失，干净利落，什么都不留。而且，他不但要自己离开，还要把自己心爱的人和物品一起带走。

洪若潭为什么会有这种匪夷所思的想法?他是个怎么样的人，而他与妻子姚宝月的关系又是怎么样的?

公司的员工和亲友都称，洪若潭和妻子姚宝月感情很好。

姚宝月是“嫁鸡随鸡，嫁狗随狗”的典范，从一开始到最后都与丈夫扮演夫妻一体的角色。这或许源于几分本性，但肯定也受了洪若潭的主导性格影响。

前面提过，他们是怀着结婚的目的，经由介绍认识的。这种形态的婚姻是先各自提出条件与要求，彼此可以接受，处得也还行，就成了。

有人质疑姚宝月是被洪若潭杀害的。但是，从她与丈夫十多年来的感情、洪崇荏的笔记以及公司员工的指证来看，我认为她比较可能是自愿追随丈夫而去的，当然，这个看似自愿的决定，也不无可能受了丈夫很大的影响。

能够在人生重大抉择上左右姚宝月的洪若潭，是什么样的性格呢?

洪若潭的姑父形容他是个完美主义者。“什么事都要很圆满，不圆满就会很痛苦。”那栋红瓦白墙、雄伟壮丽的豪宅，据说他与妻子两个人一向亲自打理，从不假手他人。大片的如茵草坪无一株杂草，四季如一日。而特地从南洋运回来的大王椰子树，以每一株之间九十厘米、丝毫不差的等距，种植于围墙边。

由此可以看出，他做事严谨，执着。他以他的方式主导着他的家庭和婚姻，但是，超出这个范围呢?

他不爱与人打交道，对人防备心重。尽管他住在当地很长时间了，但邻居对他都不了解。一个朋友说，没有被洪若潭邀请的人不可能去他家，因为他养了两只进口名犬，又凶又大。

而常常去找洪若潭的林姓友人说，在洪若潭家抽烟，非常爱干净的洪若潭从不让人弹烟灰。这种对干净和秩序的追求，到了洁癖的程度。家中若有访客，他常常等不及对方离去便开始打扫。

洪若潭的执着并不全都表现在负面，除了对婚姻和家庭的责任感，他也对社会做出贡献，热心公益不落人后。地方人士向媒体指出，无论是地方举办活动还是女儿学校建设，洪若潭二话不说就捐款几十万元台币。他也积极筹组当地的厂商协进会，对彰滨工业区的发展贡献非常大。

这种做事风格也延伸到他告别世界的方式。

他事必躬亲，缜密地计划，从容不迫地执行自己以及家人的死亡。

9月3日，案发前两天，洪姓夫妇从银行取出两千多万元台币的现金，分别以汇款、委托代理人以及亲自归还等方式，给厂商、亲戚等人还了钱。

9月4日上午9点，洪若潭打电话给住在台中的妻舅姚瑞吉，说要去拜访。一个小时后，他们抵达，坐了一会儿就离开了。姚瑞吉事后回想，妹妹和妹夫当时表现得毫无异样，仿佛只是闲话家常。那却是夫妻俩对亲人的道别。

9月4日下午2点多，代理人打电话通知洪若潭，他归还的现金里有一张假钞。二十分钟之后，洪若潭亲自拿了一张真钞来替换。

9月5日清晨4点37分，路口的监控录像显示洪若潭的自驾车由家里开往二林市区，9点47分由市区向住家方向返回。车里的一男一女隐约可见。警方推论，夫妻俩到市区邮寄了那封给洪玉燕的遗书。

这种按部就班的从容完全符合洪若潭的个性：对完美的要求，不希望欠人情，也不愿留话柄被批评。

洪若潭是个完美主义者，心里容不下一点瑕疵，刚烈而极端。据报道，一个朋友曾怀疑洪若潭家里的一把茶壶是假货，洪若潭当场将茶壶砸碎。

而洪若潭无法忍受的瑕疵除了家庭不睦，还有政治乱象。遗书里写着：“……那些政客，为了本身和政党的利益，假借为了台湾地区人民的福祉，而行使他们的阴谋，造成百姓再无明日希望的日子，这也是我看破的原因之一，家庭如此，社会也如此，太可怕了。”

洪若潭决定从这个他眼里处处不完美的世界里消失，不留一丝痕迹。他要求妹妹：“请也将我们夫妻的骨灰一起磨成粉洒入大海，不举行任何仪式，不入祖先牌位，不入塔里，一切回归大自然。”

除了一封遗书，他什么都没有留下。他把家里很多个人物品，包括三个孩子的儿时照片全都烧得一干二净。

在自己一手创建并精心布置的城堡里执行火葬，也是一种宣言。他要告诉世界，这是我的领地，我心爱的家，我即便死也要死在这里。更或者，这也是对不睦的家人无声但最沉重有力的抗议。

08. 后续

在洪家三个子女宣告死亡后，其他亲戚都放弃了继承权。

洪家的大宅院在 2006 年第三次被法院拍卖，由一个退休的医生李世杰买下。

（作者：知更鸟）

6

人间蒸发的小女孩
——墨西哥四岁女孩失踪案

无法独立行走的残疾女孩保莱特从自己和父母居住的高档公寓中消失，引发了墨西哥全国上下的关注。她的父母和保姆在一周后被拘捕。但在保莱特失踪十天后，她的尸体竟然又出现在她自己的床上。

2010年的一天，无法独立行走的残疾女孩保莱特从自己和父母居住的高档公寓中消失，引发了墨西哥全国上下的关注。她的父母和保姆在一周后被拘捕。但在保莱特失踪十天后，她的尸体竟然又出现在她自己的床上。

2020年6月，根据真实情节演绎的故事片《搜查》还原了这个扑朔迷离的奇案，使它在十年后再次引发了网络上的争论。

本文主要根据西班牙语和英语的报道、电视节目以及当年墨西哥官方公布的数据和照片来重新还原这个案件，并谈谈我的看法。

01. 人物和事件背景

保莱特·葛巴拉·法拉于2005年7月20日出生在墨西哥的一个上流社会家庭。她和父母以及七岁的姐姐住在墨西哥城威斯基鲁康区的一栋豪华公寓内。

家中两个保姆——埃丽卡和玛莎两姐妹——为他们服务了七年。

父亲毛里西奥在案发时三十八岁，是一个成功的房地产商人，他的家族和墨西哥州的州长等高官熟识，属于同一个圈子。而母亲莉泽特出生在一个经营皮毛生意的黎巴嫩移民家庭，案发时三十四岁，是一名律师。

据墨西哥媒体报道，在案发前两个人的婚姻已经处于破裂的边缘。莉泽特有一个情人，而毛里西奥也清楚这事。

从照片上看，保莱特似乎和普通儿童无异，但其实，因为在二十五周的时候早产，保莱特患有先天性身体残疾和语言障碍。

她到四岁时，依然不能独立长时间行走，一只手不能动，不能说话，只能发出“妈妈”这样的音。因此，两个保姆的大部分时间也都花在了照顾保莱特的日常起居上。

在案发前，一家人分开旅行。

莉泽特和她的一个“朋友”去墨西哥旅游胜地洛斯卡沃斯度假，而毛里西奥则带了两个女儿去了布拉沃山谷镇（一个海滨小镇）玩了三天。

他们都在 2010 年 3 月 21 日那天回到家。

晚上 9 点，毛里西奥带着两个女儿回到家里时，莉泽特已经等在家中。她后来对警方声称，她替两个女儿换好睡衣，给她们盖好被子道“晚安”后，回了自己的房间。

第二天（3 月 22 日）早上 7 点，两个保姆像往常那样叫醒大女儿，照顾她吃早餐，送她去学校。

8 点时，玛莎走进保莱特的房间，想叫她起床，却惊诧地发现，保莱特的床是空的。

她在卧室自带的洗手间、床底下、壁橱里都找了一遍，不见保莱特的踪影。她急忙去保莱特父母以及姐姐的卧室寻找，依然没发现保莱特。

一家人对保莱特的消失感到困惑而又震惊。由于行动不便，她不可能自己走出去，那她一定是在昨夜被人绑架了吧？

毛里西奥打电话给他的姐姐告知此事，他的姐姐决定报警。

这家人住的是一栋三百多平方米的复式公寓。警方来了一大群人，搜索了公寓内部以及外面的公共空间，没有收获。

他们注意到，保莱特房间内的物品很整齐，没有物品缺失，公寓的门窗没有闯入的痕迹，也没有可疑的脚印。保莱特家养了两条狗，但保莱特失踪当晚，没人听见它们的叫声，睡在保莱特隔壁房间的父母也没听到任何动静。

这栋大楼的出口都有监控摄像头，但没拍到保莱特离开公寓大楼，或其他可疑的人把她带走。

不会走路的四岁女孩从豪华公寓中人间蒸发。这个新闻很快占据了墨西哥各大媒体的头条，街头巷尾几乎人人都在议论此事。

为什么它会这么轰动呢？一个重要原因是，它发生在墨西哥最富有的社区恩特洛马斯。该社区过去从未发生过任何一起儿童失踪案。而保莱特一家住的又是最高档的公寓楼之一，可能因此莉泽特才会对朋友说出这种话："肯定是外星人绑架了保莱特吧？"

其实在暴力频发的墨西哥，儿童失踪和死亡在贫穷社区十分常见，却根本得不到警方和媒体的关注。当它发生在有钱人的社区时，一切都不同了。这次由墨西哥州的总检察长亲自负责寻找女孩。

02. 父母的疑点

在保莱特失踪当天，保姆便整理了保莱特的床铺。根据当天中午 12 点 53 分拍的照片，当时床已经铺好了。

调查人员从保莱特的床上扯下一条粉红色床单作为参考气味，让两条嗅觉犬在公寓内外追踪女孩的气味。

保莱特失踪后的头两天，公寓里挤满了人，探听消息的媒体、调查人员、前来安慰的朋友和亲戚，来来往往，把现场都破坏了……莉泽特的一个叫阿曼达的闺密还在保莱特的床上睡了两晚，直到第三天警方才把闲杂人等赶出了房间。

由于迟迟没有等到绑匪的电话，保莱特家人动用自己的资源来寻找女儿。当时墨西哥城的大广告牌上、电线杆上、超市杂志上、电视屏幕上、网络上……到处都是寻找保莱特的消息。

这个金棕色头发、黑色眼睛的可爱女孩出现在一个个巨大的广告牌上，旁边写着："请帮帮我，带我回家吧！"

母亲莉泽特接受了多家媒体的采访。3月25日，她和一名女记者一同坐在保莱特的床上，说道："我唯一想要的是找回我的女儿。"

她也曾跑到一家商场门口对绑匪喊话，说她不会追究责任，只求他把保莱特送回到商场。

而同时，没有绑匪的电话，整个公寓丝毫没有外人入侵的痕迹，警方逐渐开始怀疑这一家人。他们偷偷在公寓内安装了监听设备。

很快，他们录到了莉泽特和大女儿之间的对话。

莉泽特叮嘱大女儿："就说'妹妹不见了，我们很担心'就够了，其他什么都别说。"

"为什么？"大女儿问。

"因为，不然的话他们会责怪我们偷了她，或者责怪你把她带走，导致她被偷了。"

这段录音在电视上播放后，许多观众解读为：莉泽特教大女儿隐瞒证词。但莉泽特说录音被剪辑过，没有了上下文，才产生误解。

据媒体报道，警方还录到了夫妻之间的一段对话。毛里西奥对莉泽特说："放轻松，一切会没事的，他们没有证据。"

证据？又是什么证据呢？但因为警方偏袒毛里西奥和他的家族，所以这段录音没有公开，无法证实是否真的存在。

电视机前的观众们批评莉泽特在镜头前表现得过于平静和冷漠，没有一个丢失孩子的母亲应有的急切；专家们解读毛里西奥的微表情，说他每次提起保莱特，鼻子都会皱起来，显出一种厌恶的神色。

在保莱特失踪一周后（3月29日），她的父母以及两个保姆突然都被拘捕，理由是：他们讲的版本互相之间对不上。他们被分开拘禁在一家小旅馆的不同房间。

总检察长开新闻发布会说道："他们中的每个人都在某些问题上做了虚假陈述，导致我们很难知道真相。"

03. 找到尸体

3 月 31 日凌晨 2 点，三个鉴证科人员戴着口罩和手套回到了保莱特的房间，重新勘查现场。他们一边摄像，一边对着镜头说出测量到的数据。

他们闻到了一种"潮湿的""奇怪的"气味，好像有东西腐烂了。

其中一人走到床尾，掀开最上面那层床罩，看到一块有成年人头颅那么大的棕色污渍。这块污渍其实混合了腐烂的尸体的血液和体液。

再往下掀开被子，被套里面的被芯里也有血迹。接着他又掀开被子下面的薄毯。

"让我们看看这是什么。"鉴证科人员自言自语道。

这时，保莱特出现了！

她侧着身子，卡在床架和床垫中间，身上穿着睡衣。

"她已经腐烂了……"另一个人评论道。

她的两侧脸颊上贴了两条长方形的胶布，这是一种防止孩子睡觉时张嘴的矫形布，据说她每晚都贴。她的几根手指塞在自己的嘴巴里。

她怎么会在那里？她是什么时候死的，又是从何时起在那里的呢？

最开始的尸检报告认为死亡时间是 3 月 28 日，也就是在发现尸体的三天前。

得到这个消息后，总检察长立刻宣布，这是一起谋杀，并把莉泽特列为主要嫌疑人。

他在新闻发布会上说道："她是唯一的嫌疑人。毫无疑问这是一次谋杀调查……除了她以外，我们也在调查其他人知情和参与的程度。"

总检察长找来的心理医生认为，莉泽特具有某种人格障碍。“站在我们面前的可是一个律师——聪明、大胆、精明。她对感情的事总是很冷漠。她说了谎。”

但事情很快反转，法医出具正式报告称，保莱特的死亡时间为 3 月 21 日至 3 月 26 日之间某个不确定的日期。她在死亡的约五个小时前吃过食物。也有文章称，法医改变报告上的死亡时间，是受到了来自高层的压力。

保莱特的死因是鼻腔被阻塞和胸腹部受到挤压导致的窒息。

除左肘和膝盖受到了轻微撞击外，她的身上没有任何受过暴力的迹象，体内也没有影响意识的药物或毒品。

结合死亡时间和死因看，这是一次意外：保莱特滚到了那个夹缝中窒息而亡。

此前宣布是谋杀的总检察长，最终不得不在一片争议声中以“意外”结案。

04. 对结论的质疑

这个结论令几乎所有人都难以接受。这么大一个孩子，怎么可能一直在那里而不被发现呢？

在发现保莱特失踪的那个上午，保姆就重新铺过床，而莉泽特在三天后坐在床上接受了采访。阿曼达在这张床上睡过。一百多个人以及两条警犬曾进出过这个房间，为什么没有一个人发现她在那里？

接着有网友翻出一家电视台在保莱特失踪几天后拍摄的画面。莉泽特向记者展示了一套睡衣和一幅手工贴纸画。那套睡衣和尸体身上的一模一样。

如果是同一件的话，说明是在这个采访以后，他们才给活着的保莱特或者保莱特的尸体换上睡衣。

莉泽特解释，镜头拍到的那件睡衣其实是大女儿的，姐妹俩有一模一样的款式的睡衣。

但依然有网友对这个解释不买账。

还有人认为这是警察在配合保莱特的父母演戏，因为在录像里，鉴证科人员发现尸体时，显得似乎太过平静了。

记者在街头采访时，墨西哥民众也都不信官方的结论。他们情绪激动地认为，在贪腐严重的墨西哥，有钱有权的人可以操控司法，掩盖罪行。

这个意外的结论，就连身处旋涡中心的当事人们都无法接受，他们陷入了互相指责的境地。

毛里西奥接受采访时说："我唯一可以说的是，对我来说这不是一次意外。我只能为自己发声。"他暗示是妻子或者两个保姆干的。

莉泽特则开新闻发布会说，她也不相信女儿的死是意外，希望政府重新调查，给一个其他结论。同时，她不明白丈夫为什么会怀疑自己，猜测是调查人员操控了他。

两个保姆也不信是意外。其中一个说："事实上，如果尸体一直在那里，我想我们会注意到的，因为上千人都出来找她了，这床都重新铺过了……尸体从周一就在那里，对我来说讲不通。"

她们还告诉媒体，保莱特的父母并不关心保莱特。那天早上，她们找不到保莱特都急疯了，但毛里西奥面无表情地喝着咖啡，而莉泽特则抽着烟，不慌不忙地打开了电脑。她们暗示，是保莱特的父母或其中之一负有责任。

05. 一些具体的问题

一、床架和床垫中间可以容下一个孩子吗？

答案是显而易见的。究其原因，保莱特的父母买的床垫比床架短了十到十五厘米，这有可能导致一个残疾女孩卡在里面不能动弹。

二、为什么警犬没闻到气味？

警犬在公寓中搜索多次。某天，它曾跑回到保莱特的房间，对着她的床吠个不停。但驯狗人并未当回事，他认为保莱特的床上有她的气味再正常不过。

三、保姆铺床时为何没发现？

保莱特失踪当天，一切都在慌乱之中，保姆为了赶时间，很可能并没有把整个床罩拉出来重新铺，只是把床罩的上半部分拉到床头整理好，这导致她们没接触床尾。

四、前两晚阿曼达在这张床上睡过，为何没发现？

阿曼达后来出了一本书，她说她始终无法接受自己曾和尸体睡过一张床。她暗示保莱特的父母一方有问题，最终和有多年闺密情的莉泽特绝交了。

前两晚尸体很可能还没散发臭味，且阿曼达睡觉时若没有把床褥全都搬走，她没发现床尾的保莱特也很正常。网上也有说法称，阿曼达睡觉时并没有钻进床罩里面，只是在床罩上躺了两夜。

五、没有人闻到气味吗？

由于公寓带有恒温设施，所以房间内的温度应该一直在十八摄氏度左右，十天后尸体会严重腐烂。那为什么没人闻到气味呢？一种说法是，床上的床单、被褥、床罩又多又厚，在早期阻止了气味散发，而后面两三天公寓内没有人住。

六、这是同一件睡衣吗？

我认为不是同一件。其实在电视节目中，莉泽特在展示睡衣时就提到，这件是大女儿的睡衣。她为什么单独挑这一件展示呢？我想她就是为了告诉大家，保莱特失踪时穿了什么，便于观众帮忙寻找。

另外，心理医生都说莉泽特“精明”。我想她不至于如此愚蠢，把一件已经在镜头前展示过的睡衣给保莱特换上。而且那件睡衣看起来有些大，确实不像四岁的女孩穿的。

06. 几种理论

目前主要有四种理论。

理论一：谋杀论。

这种理论认为保莱特的父母两个人或者其中一个人故意杀害了保莱特，随后把她藏在床的夹缝中，伪装成绑架。

持这种理论的人认为，虽然他们家很富裕，但保莱特依然是个巨大的经济负担，她长期服用很贵的药，定期进行物理治疗，有好几个医生为她治疗。而他们家的财务也被拖累，案发时他们背负着很高的债务。

但后来经过调查，所谓财务危机是谣言。这对夫妻资产丰厚，有许多房产，生活奢侈，完全不缺给保莱特治病的钱。

若真想伪装成绑架案的话，凶手应该先把尸体转移到公寓外，再通知亲戚并报警。凶手完全可以通过把尸体装进行李袋之类的方式躲过监控，把尸体带出大楼。把尸体留在床上，迟早会被发现，又怎么伪装成绑架脱罪呢？

再说，为了伪装成绑匪闯入的假象，凶手应该损坏门窗，弄乱卧室，留下脚印，或者声称晚上听到狗叫、吵闹……但我完全看不出，凶手有朝这方面做的意向和行动。

理论二：误杀论。

这种理论认为莉泽特或者保姆不小心闷死了保莱特，为了掩盖她的死亡，把她藏在了床尾，伪装成意外导致的窒息死亡。

但要伪装成意外的话，凶手完全没有理由拖延那么多天才“发现”尸体。他早就应该由自己或者指引其他人“发现”尸体了。

为什么所有人（包括保姆、闺密、普通民众）都不信这是一次意外？最重要的原因正是他们不相信孩子在床上十天都没人发现。

如果莉泽特是凶手的话，她应该在第二天早上就“找到”女儿的尸体，送到医院“抢救”，最终由医院宣告死亡。如果家长一开始就认定是意外，可能都不会把警方牵扯进来。

把尸体藏在一个迟早会被发现的地方，并坚持是绑架案，惊动了警方和全国媒体，又该如何收场呢？

理论三：伪装成绑架导致意外死亡。

有人认为，保莱特的父母把保莱特藏在公寓楼的某个地方，想伪装成绑架案，向他们各自的富有家庭骗钱。没想到，保莱特在 28 日意外死亡，他们不得不把她挪到床上伪装成她是在睡觉时死的。

前面已经提到，这对夫妻没有财务问题。

有人认为是两个保姆想要制造绑架案勒索雇主，发生了意外。这种揣测也没有依据。这对姐妹已经在他们家工作七年，过去一直很忠诚。

况且如果凶手的目的是钱，整个过程中却并没有打来勒索电话或留下勒索信，显得本末倒置。

再说，若真的如此，22 日到 28 日之间保莱特又在哪儿呢？

一些人说她可能被藏在电梯间或者空调管道里，这有点异想天开。父母要在那么多警察在场，晚上也有朋友陪伴、有监听的情况下，一直给藏起来的保莱特喂食和处理排泄、睡眠等问题，是几乎不可能实现的。

如果一开始保莱特就被带到了公寓外的其他地方，凶手就更没理由在一周后，把她杀害后转移回公寓。

理论四：纯意外说。

虽然我看到的中文文章大多倾向于谋杀，但我个人认为这是一次意外。让我们看一下案件细节。

一、这张床又高又大，对一个四岁的孩子来说确实是不合适的。而且床上的被褥从上往下竟有四层。

第一层：一条粉红粉绿方格厚床罩；

第二层：一条厚厚的粉色被子；

第三层：一条很大的紫色花毛毯；

第四层：一条直接接触保莱特的粉色床单（像一些酒店一样，这床单是盖在身子上，隔离被子毯子的），这一层在第一天就被警方抽走。

第四层下面才是保莱特的身体和枕头。

保莱特晚上睡觉时经常移动身子，所以为了防止她从床上摔下来，保姆和莉泽特会把床罩的三边都塞在床垫下面，并在第四层粉色床单下一左一右塞两个圆柱形枕头。

这样她们只要把保莱特抱到第四层下面，就像装进一个袋子里，她就不会掉出来了。

在案发那个晚上也是一样。

但同时，她们这么做，就像建了一条隧道。保莱特要翻身的话，只能一直往床尾滚。最后她滚落到夹缝中，而那个夹缝是被床罩兜起来的，像个口袋。

事实上，后来警方找了多个和保莱特身高体重相近的儿童来做试验，证明保莱特可以轻易滚入那个缝隙。

二、再来说说尸体的状态。

尸检的结论是鼻腔被阻塞和胸腹部受到挤压导致的窒息，这其实和尸体卡在床尾的位置和姿势是相符的。

3 月 31 日凌晨发现尸体时，尸体上的腐败水泡完好无损，而尸体若被挪动过，很可能会弄破水泡。尸体上有锈青色和没有锈青色的地方，也和她被发现时受挤压的部位对应。

第一，在靠近尸体头部的地方，腐烂的液体一直渗透进了第一层、第二层、第三层（第四层被抽走了），以及下面的床单和床垫，这很可能是因为她死后没有被移动过，在这个地方慢慢腐烂。

第二，尸体被发现时，保莱特的几根手指放在嘴里，并且那几根手指严重浸渍泡软。从她平时的生活照看，她一直有吮吸手指的习惯。这说明她是在没有恐惧、没有挣扎的状态下窒息的。

第三，在发现保莱特失踪的那个早上，警方就把那条床单抽下来，作为参考气味给警犬闻了。此后那条床单一直保存在警局。

找到尸体后，警方重新检查那条床单，发现在床单（铺好的情况下）靠近死者臀部的位置有一块尿渍，而他们在毯子、床罩、睡裤以及内裤上都发现了尿渍。同时，在粉红色床单靠近她口鼻的位置也有一点污渍，和下面一层床罩上的污渍位置是一致的。

这一点十分关键。这说明，在抽走床单的第一天，就有尸体在那里了。

第四，失踪的当天中午，警方拍了一些床的照片，可以看到床尾鼓起了一块，正好对应尸体的臀部位置。

由于许多人不信是意外，美国联邦调查局和其他三家墨西哥的调查机构都分别进行了独立的调查，最终得出了同一个结论：保莱特因意外窒息身亡，此后她的尸体没有被人移动过。

最后，这四个当事人全都表示不相信是意外且互相指责。如果凶手是保莱特的父母一方或者保姆姐妹，凶手应该倾向于接受“意外”的结论，尽量让事情平息，而不会用一波波媒体发言，煽动民众心中的疑虑。

07. 尾声

保莱特的父母以及两个保姆均于 4 月 4 日获释。

4 月 6 日，保莱特的遗体下葬，但父亲那一方无人出席葬礼。

5 月，由于民众和家属都不满调查结论，负责本案的总检察长辞职。他说自己对这份工作失去了信心。

保莱特的父母不久离婚了，莉泽特取得了大女儿的监护权。

如果看网上的评论，网友至今无法接受这个结论，主要还是基于两点：

一、怎么可能在十天内都没有人发现床上的尸体？这太不可思议了！

但是有些事哪怕发生的概率是百万分之一，也不代表永远不会发生，有时候它就是在某种机缘巧合下发生了。

二、墨西哥社会贫富差距巨大，司法腐败严重，导致普通民众对权力阶层失去信任。他们相信，保莱特的父母或者一方完全有能力伪造证据，掩盖真相。因此不管官方公布什么图片、录像、数据，他们从根本上怀疑这些证据的可靠性。

我只是在这些证据真实的前提下，判断保莱特的悲剧不是谋杀，而是一次意外。如果证据都作假，那么本案就没有讨论的基础。

事实上，如果这是一次意外的话，会更令人惋惜，因为它完全可以避免。这么多厚重的被褥放在一张成年人尺寸的大床上，本就不适合四岁的孩子，更别说一个行动不便的残疾儿童。对孩子来说，父母用心营造的安全、有爱的环境比用金钱堆砌的物质更重要。

（作者：何袜皮）

7

《龙猫》的原型案件？
——日本龙猫案

在《龙猫》的创作者宫崎骏爷爷的画笔下，
曾遇见治愈人心的猫妖的十二岁的皋月和四岁的小梅，
是否就是那个十六岁遇害者的象征？

2007年5月1日，吉卜力动画工作室正式发布声明：1988年公映的《龙猫》，并没有影射1963年发生在日本埼玉县乡下的十六岁少女绑架案件，即著名的狭山事件。也就是说，如有暗合，纯属凑巧。

但令人不得不多想的是，声明发布的那一天，恰好是狭山事件受害女孩中田善枝遇害四十四周年忌日，亦是她六十岁冥诞。

1963年5月1日，就读高中的中田善枝告诉她的同学，家里人为她准备了盛大的生日晚宴。下课铃敲响，女孩如小鸟般飞出校园，一路向家的方向飞去。

但直至夜幕低垂，那只小鸟也没有飞进家门。

三天后，女孩在一片茶树田和麦田的夹道中现身。她曾遭受捆绑、虐打、强奸，最后被勒毙并被抛尸，尸体被发现时，她死去已有三天。

中田善枝生命定格的日子，正是她的十六周岁生日。

之后漫长的侦查岁月里，相关证人等陆续非正常死亡，该案从一桩单纯的绑架撕票案，发酵成全国性的阶级政治事件。这里面究竟有着怎么样的复杂隐情?

半个多世纪已过，当年在埼玉县5月的乡间，残忍奸杀花季少女的凶手究竟是谁?

在《龙猫》的创作者宫崎骏爷爷的画笔下，曾遇见治愈人心的猫妖的十二岁的皋月和四岁的小梅，是否就是那个十六岁遇害者的象征?

今天要和大家回顾的，就是曾在网上被称作“龙猫案”的日本狭山事件。

01. 案件经过

1963年（昭和三十八年）5月1日，日本埼玉县狭山市一名叫中田善枝的女高中生在归家途中失踪。中田善枝出生于当地一个富裕家庭，在家中排行老四，上面有两个哥哥、一个姐姐。

案发当日是她的十六岁生日，下午3点多放学后，在回家途中她和同学、邻居都打过照面，但直至当日傍晚6点多，家里人仍未见到她的身影。

从学校骑自行车回家，时间不会超过一个小时，中田善枝的二哥中田健治在天黑透前出门去找，找遍了学校和周边，但一无所获。中田健治于7点40分回到家里，随即发现在玄关的门缝上，夹着一个白色信封。

他拆开信封，里面有一封勒索信。

内容翻译如下："想让你们的女儿活命的话，5月2日晚上12点，让一名女性带着二十万日元现金在佐野屋门前等着，我朋友会开车去取钱。晚一分钟，孩子的命就没了。如果我朋友没有按时回来，就去西武公园的池塘里找你们的孩子吧。如果我朋友按时回来了，孩子将在一个小时内回到家中。记住，不要报警，也不要告诉任何人。如果去取钱时，有其他人在场，我就会杀了她！"

信封旁边，还散落着中田善枝的学生证等物品。

中田善枝的家人立刻选择了报警。

当地警方接报后成立办案组，并和家属商议了营救方案：由失踪女孩的姐姐中田美惠携带二十万日元假钞前往绑匪指定的地点——佐野屋商店。

因为搞不清勒索信中所称的"5月2日晚上12点"具体指哪一天，警方和中田美惠连续蹲守了两个夜晚。

终于在5月3日凌晨时分，勒索人依约而至。在漆黑安静的深夜里，警方埋伏在农田里监视，中田美惠一步步走近交付赎金的约定之地。

蓦然从田间传来人声，问："来了吗？"中田美惠回答："来了。"

田间人声道："你们报警了吧，那里是不是有两个……"

话音刚落，凶手迅速逃窜。当夜，尽管在现场部署的数十名警员紧急吹哨，但因为四周都是乌黑的农田，最终眼睁睁失去了凶手的踪影。

其后，警方又调动上百警力，带着警犬对那片农田展开地毯式搜查，终于在田基发现了凶手留下的若干鞋印。警犬边闻边追，一路追到农田旁的一条河边，气味和痕迹就消失了。

警方又搜了一整天。

5 月 4 日上午 10 时许，中田善枝的尸体被找到。

在一片茶树田和麦田的夹道之间，死者被面朝下掩埋在一个挖得不深的泥坑里，头上压了一堆鹅卵石，面部被手帕包裹，双手被反绑在背后。

当天晚上，法医给出了尸检结果：死者脖子上有勒痕，后脑有钝器伤，阴道里有精液。死因是机械性窒息。死者生前曾被奸淫，其后被凶手用布条勒死。死亡时间正是失踪当天的下午 3 点 30 分到 5 点之间。

另外，从死者的指甲中提取到了肌肤组织，大概是死者在反抗时抓伤了凶手。可惜当时并不具备 DNA 匹配技术。

但死者体内留下的精液证明，凶手是 B 型血。

02. 嫌疑人的抓捕

警方掌握的线索有如下几点：

一、勒索信。信用蓝色圆珠笔书写，文中错别字百出。譬如赎金二十万的"万"字，写作了汉字的"腕"。警方判断：要么勒索人文化水平不高；要么就是勒索人文化水平很高，使用复杂却错误的汉字，可能是为了混淆视听。

二、勒索金额。二十万日元的勒索款，在当时大约相当于一个正常务工人员一年的收入，因此警方认为，勒索犯的经济条件应该比较差。

三、佐野屋。勒索人指定的交付赎金的地点佐野屋，是一间规模很小的杂货店，周围都是农田，而且杂货店并未对外悬挂招牌。这意味着凶手大概率是熟悉周边情况的本地人。

四、鞋印。在凶手逃窜的路线上发现了若干鞋印，男式胶底鞋，四十码。

五、养猪场。在警犬追踪过程中，凶手的鞋印和气味消失在入间河边，河对面的共根桥下有一家养猪场。而共根桥是死者每天上下学的必经之地。

六、铁锹。在警察询问时，养猪场经营者表示，养猪场里有一把铁锹最近失窃了。不久后警方在麦田里找到这把铁锹，锹头上残留的泥土和掩埋死者尸体的泥坑里的泥土成分一致。

据此，警方很快锁定了第一个嫌疑人。

奥富玄二，二十七岁，养猪场工人。此人曾在运输公司当过司机，也曾在死者家中干过长工，血型为 B 型，笔迹和勒索信的笔迹相似。

警察对奥富玄二连轴转审讯了两天。

5 月 6 日，奥富玄二不堪审讯的压力，跳井自杀。在被害人中田善枝下葬的第二天，举行了奥富玄二的葬礼。而奥富玄二和当地一个女孩的婚礼，原定就安排在数天后。

警方对奥富玄二的尸体进行了解剖，表示奥富玄二是清白的，但理由不明。

5 月 23 日，第二个嫌疑人被捕，警方认定这次抓对了人。这个后来确切地被判定为强奸杀人犯的人，名叫石川一雄。

然而，警方最初逮捕石川一雄，却不是查出来的。石川一雄是因为盗窃斗殴等问题被关进警察局的，结果一查，样样相符，没有人比他更符合中田善枝绑架案凶手的特征了。

石川一雄，二十四岁，无业，居无定所，但在案发两个月前曾在养猪场工作过，对当地的富农中田家有了解，血型同样是 B 型，笔迹同样和勒索信的笔迹相似。

此外，还有几项指向他的证据。

一、5 月 4 日死者的尸体在田间被发现时，石川一雄也到了现场围观。

二、警方搜了石川一雄的家，发现他家里有一双胶鞋，款式和码数与田间找到的凶手的鞋印吻合。

三、警方还在石川一雄家中找到一条疑似被害人的自行车使用的橡胶带。

四、在从养猪场到佐野屋的途中，有一个目击证人指认说见过石川一雄，且石川一雄曾向他询问去佐野屋怎么走。

五、有多名目击证人证明，石川一雄曾多次在被害人上学路线出没。

六、勒索信中曾提及西武公园，而石川一雄经常到西武公园玩四驱车赌博。

七、到佐野屋交付赎金的被害人姐姐中田美惠，以及埋伏在田间的警察，均指认在交付赎金的当夜，勒索人发出的声音和石川一雄一致。

警方把石川一雄关了近一个月，也审了近一个月。到 6 月 20 日，石川一雄就招了。

一开始，他声称是养猪场的另外两个工人强奸并杀害了中田善枝，而他只是负责去送勒索信。不久他又改了供述，承认是自己单独作案。

警方根据石川一雄的供词，旋即又找到另外一些铁证。

在石川一雄所供述的地点，警方找到了被害人的书包、钢笔和手表。

铁证如山，石川一雄一审被判处死刑。

但是一审之后，他立刻翻供，声称自己此前招认，是因为受到了警方的逼供，而所谓物证也被人指出涉嫌伪造。

再加上相关人员接二连三地死亡和失踪，这个案件的诸多疑点也慢慢浮出水面。此案更是在日本掀起了一场声势浩大的政治运动，让人们把目光投向了案件背后的阶级矛盾、既得利益集团的黑暗与腐败等等，当然也投向了女孩的真正死因。

03. 疑点

我们回过头来，谈谈那个被警方死盯住不放的养猪场。这又得先从另一个地方谈起。

日本有一个人员群体被称为“被差别部落”，通俗叫法就是“贱民”。部落民起源自日本的封建时代，当时的日本社会有着极其森严的等级制度。

而最低的等级，就是部落民的祖先所在的阶层。这些人在当时被称为“秽多”或“非人”。

“秽多”是指从事佛教和神道教里不洁职业的人，主要与血腥、死亡挂钩；“非人”则是从事不正经工作的人，譬如小丑、演员、乞丐、流浪者等。

这种阶级划分直至现代，其实也未完全消失。部落民位居社会的最底层，被认为是下等人、不洁的人，生活区域被严格限定在城镇边缘和河畔滩涂地。

而且，根据血统，身份世代沿袭。

那间在 20 世纪 60 年代被警方盯上的河边的养猪场，从经营者到雇员就是清一色的部落民。当地人说起那家养猪场，通常是这样的语气：那里面每一个人都是小偷和暴力犯——反正出了什么坏事，就是那伙人干的没跑！

跳井自杀的第一个嫌疑人奥富玄二，和被判定为凶手的第二个嫌疑人石川一雄，都是养猪场的雇员。他们的血统出身，都是部落民。

值得一提的是，埼玉县狭山市在当时正是贫富悬殊、歧视最为典型的地区之一。所以当一个富家少女被奸杀案件发生以后，当地警方所面临的压力和急于破案的心情可想而知。

了解上述背景后，我们再来说说本已水落石出的案情，以及此后渐渐浮上水面的诸多疑点。

疑点一：物证的可信度

一、勒索信的内容和笔迹。勒索信中使用汉字较多，而石川一雄初中辍学，文化水平极低，日常写字很少使用汉字。经过笔迹比对，警方给出的结论是近似。

二、自行车橡胶带。警方在石川一雄家搜出一条自行车橡胶带，给出的结论是：和死者的自行车使用的橡胶带近似。

三、钢笔。在石川一雄所供述的地点，警方找到一支被认为是死者中田善枝所有的钢笔。由于石川一雄掌握只有凶手才会掌握的信息，这支钢笔被视为铁证之一。但其后经核查发现，死者当天在学校用钢笔写的字为浅蓝色，而警方找到的钢笔，其内的墨水为深蓝色。

四、手表。警方还在石川一雄所供述的地点找到一块西铁城牌的手表，这块手表同样被认为属于死者，同样是铁证之一。但后期核查发现，这块手表和死者持有的手表型号系列其实并不相同。事隔十三年，直到 1976 年的秋天才最终查明：该手表不属于死者，而是属于她的姐姐中田美惠。

疑点二：供词的可信度

在一审被判处死刑后，石川一雄突然就全盘翻供了。

他声称自己此前的招认全部基于警方的逼供和栽赃。而他早在警方从他家里找到款式和码数与凶手的鞋印吻合的胶鞋时，就落入了圈套。

当搜屋的警察把胶鞋递给他看时，他表示那双鞋是他哥哥的。警察于是说道："那凶手就是你哥哥啰。"

受审近一个月后，石川一雄承认罪名。

根据石川一雄翻供后的自述，他最初认罪是基于两点考虑。第一，他当时已经因为打架斗殴等罪名被逮捕，警方诱供的说法是：你坦白认罪要坐十年牢，不坦白不认罪也要坐十年牢，所以赶紧认了得了。第二，警方随即补充：你不认罪可以，那就抓你的哥哥。

石川一雄全家上下老小有七口人，家境贫困到了“每日收入只够给一家七口人买六扎挂面”的程度。石川一雄长期游手好闲不着家，而他的哥哥是全家唯一的劳动力和经济来源。

从这个层面看，无法排除石川一雄具有为保全哥哥而自己顶罪的动机。

还有一点值得一提，石川一雄在尚未认罪的审讯初期，曾编造过自己的不在场证明。他声称自己在案发当天一直在外务工，直到下午 4 点才回到住处。经查，这是谎言，当天他并无外出务工的证明。然而，他声称自己下午 4 点结束务工，这个时间和死者的遇害时间非常接近——这恰恰说明，他可能并不知道死者的真实死亡时间。

疑点三：相关人证的离奇死亡

狭山事件最扑朔迷离也最让人毛骨悚然的部分，是在案件侦查过程中，乃至凶手确定之后的很长时间里，持续有相关人员失踪或死亡，而且死因都很离奇。不完全统计如下：

1963 年 5 月 6 日，第一个嫌疑人奥富玄二跳井自杀。

1963 年 5 月 11 日，曾主动向警方提供目击情报的路人田中升用刀刺入自己心脏而死。

1963 年 5 月，石川一雄曾供述与自己共同犯案的养猪场工人 × 失去行踪，且一直没被找到。

1964 年 7 月 14 日，死者的姐姐中田美惠喝下杀虫剂自杀。

1966 年 10 月 24 日，养猪场经营者的哥哥意外被火车轧死，且当天的车站日志有一部分被人为销毁。

1970 年 12 月 25 日，曾经负责为案件进行医学检验的特约医生失踪良久后，被人发现死在一艘停泊在泰国港口的船内。

1977 年 10 月 4 日，死者的哥哥中田健治上吊自杀，留下的遗书里写道：

“我不想再被家庭和社会紧紧捆绑了。”

1977 年 12 月 21 日，曾经锲而不舍地追踪报道狭山事件的记者片桐军二出车祸身亡。

疑点四：迷雾中的隐藏人物

我们在前面曾说过，案发当天，受害者中田善枝在离校前曾告诉她的同学，家里人为她准备了生日晚宴，所以她要早早回家。然而事后查证，中田善枝的家人在当天并没有给小女儿过生日的打算。此外，有目击证人声称当天下午不到 4 点的时候，曾在路上看见过中田善枝，但目击的地点却在从学校归家路途的反方向。那时候，女孩看上去正在等人。

另外，根据尸检结果，死者除了后脑的钝挫伤和脖子上的勒痕，身上几乎没有其他挣扎性创伤。在案件调查的前期，也有人提出过死者和凶手也许认识的推论。

但这个死者曾在路边等待的可能的隐藏人物的身份从未露出水面。

说完案件在判定凶手方面的疑点，我们再补充一些其他情况。

除了此案相关人员的死亡和失踪，其实还有一些参与该案调查和审判的人员曾遭到过威胁和袭击。譬如 1977 年 8 月，负责此案的高等法院调查官家中被人放置了定时炸弹。1977 年 9 月，一辆燃烧的汽车冲击关押着石川一雄的东京拘留所……

事实上，狭山事件在后期已经性质骤变——不再是一宗单纯的少女绑架奸杀案，而是演变成了一场席卷全国的政治事件。

石川一雄父亲的一个朋友是一名部落民解放运动家，正是在此人的辅助下，石川一雄在被判处死刑后，翻供并提起上诉。

当二审开始，日本部落解放同盟就揭竿而起了。每天都有人开着货车、拿着喇叭在拘留所前呐喊示威，安营扎寨。狭山事件霸占了电视和报纸的新闻头条，石川一雄也从杀人案犯罪嫌疑人摇身一变成为部落民维权运动的英雄。

1974 年 10 月，东京高等法院二审改判，对石川一雄的判刑由死刑改为无期徒刑。

1994 年 7 月，案发三十一年后，石川一雄从千叶监狱假释出狱。服刑期间，他受到了来自众多社会团体高达数亿日元的资金捐助，出狱不久，他就给自己买了一套价值七百万日元的组合音响。其后各种采访和聚会活动接连不断，甚至有制片公司为他拍下了一部纪录片，名字叫《狱中 27 年》。

2005 年，日本部落解放同盟成立“狭山事件再审斗争胜利现场事务所”，在全国各地举办请愿集会。

2018 年 9 月，案件三审结束，东京高等法院宣判石川一雄无罪。石川一雄至今仍在世。有人说，部落民石川一雄达到了自己的人生巅峰。

但女孩之死的真相，已永远湮没在厚厚的尘埃中。

04. 猜想

由于年代久远，情报零碎、稀缺且真伪难辨，对发生在 20 世纪 60 年代的日本狭山事件，我作为笔者不敢滥用“分析”一词，所以只能称为“猜想”。

如果是编写故事，当然有办法把空白的部分补全，自圆其说。事实上，半个世纪以来，“哥哥杀人论”“路人杀人论”“男友杀人论”等等阴谋式的猜想版本不一而足。但出于对事实和死者的尊重，我们应该更谨慎一些。

假定前面提到的各种情报和线索都属实，那么有几点猜想属实的概率是很高的。

案犯不止一人

一、从勒索信的内容可以直观判断，凶手理应有共犯，且共犯之间有分工。

假如凶手是单独作案的，其谎称自己有同伙的动机不足。且勒索信的书写明显高于石川一雄的文化水平，说明勒索信可能出自其他人之手。

二、有路人做证，嫌疑人石川一雄曾询问去约定支付赎金的地点佐野屋怎么走，这说明石川一雄对佐野屋的具体位置不熟悉，该地点大概率不是由他选定的。

三、石川一雄在首次招供时，曾声称是他的两个同伙下手强奸杀人的，而他只是协助。尽管这种供述有推卸罪责的嫌疑，但和第一点相同，假如石川一雄是单独作案的，这种谎言站不住脚，因此确有同伙的可能性更高。

石川一雄确实与案件有关

一、假如排除警方从一开始就采取完全性的诱供的可能性，那么既然石川一雄知道案犯不止一人，反过来则说明他正是案犯之一，或者与案犯有关。

二、同样，若排除警方诱供的因素，石川一雄的供述中有大量只有案犯才会知道的过程细节，这也证明他不可能和案件完全无关。譬如石川一雄在供述时主动说出了曾向路人问起佐野屋。其后该路人被找到，提出了相符的证词。

三、鞋印相符也是重要证据之一。从时间先后来看，警方很难在鞋印的问题上进行造假和栽赃，而石川一雄也声称警方找到的鞋子是他哥哥的。如果说鞋子只是恰好相同，则未免过于巧合。

四、同理，石川一雄在案发前曾在受害人上学路线上出现，还在死者遗体被发现后出现在抛尸现场，将这些情况一律称为巧合也难以让人尽信。

五、另外，石川一雄在案件调查初期，表现得言辞闪烁，既曾谎称案发时自己不在现场，也曾谎称自己的血型为 A 型。这些行为都加深了他的嫌疑。

六、还有一点值得关注，根据尸检结果，中田善枝死于案发当天下午，也即在凶手进行勒索时，受害人实际上已经死亡。而勒索信中写的“去西武公园的池塘里找你们的孩子吧”，和受害者已死的情况有对应性。尽管死者后来被抛尸在田间，但勒索人显然对西武公园这个地方很熟悉。由此可见，写下勒索信的人如果不是石川一雄，则很可能是认识石川一雄的人，因此选择性地提到此地。

警方确实曾进行栽赃

这一点几乎毋庸置疑。前面我们已经说过，警方在石川一雄所供述的地点找到了所谓属于死者的钢笔和手表，从而敲定了石川一雄的死罪；但后期查实，这些物品其实并非死者所有，其中的一块西铁城牌的手表更是被证实属于死者的姐姐中田美惠。

延伸来看，警方在石川一雄家中找到一条疑似死者的自行车使用的橡胶带，不排除这也是栽赃。

这里几乎只有两种可能性：一种是警方认定石川一雄是凶手，但苦于找不到决定性的证物，所以采取了“加码”手段；另一种，就是完全的诱供和栽赃。

还有关系人没有记录在案

很显然，狭山事件存在众多疑点和信息断层。结合“案犯不止一人”这点看，我们有理由相信，此案很可能还涉及一些未知的关系人——正是由于这些关系人从未被记录在案，案情才出现了空白断层。

譬如石川一雄曾供述的两个同伙，一个失踪且未公布姓名，另一个至今身份不明。不排除后者就是跳井自杀的第一个嫌疑人奥富玄二。

另外就是前面提到的，案发之前女孩曾在路边等待的某个隐藏人物。

政治和利益因素充斥全案

这一点也几乎毋庸置疑。

狭山事件在后期确实地演变成了政治斗争，在尖锐的社会矛盾和各种政治团体的倾轧下，案件的结论沦为利益博弈的工具，对真相的挖掘则成为奢望。

而且，这些斗争很显然朝着不择手段的极端方向发展——那些案件相关人员相继离奇死亡和失踪，绝不可能全是巧合和意外，其中的黑幕，只会比我们能够想象的更深。

但从常理来说，这种极端化的利益斗争应该有演进的过程，而非从一开始就白热化。从事件的时间线来考虑，起点应该在石川一雄被定罪判处死刑之后，准确来说，是在部落民解放运动人士的鼓动和辅助下，石川一雄骤然翻供并提起上诉之后。

结合上述几点，我的猜想是这样的：

中田善枝并非死于绑架奸杀，她的死亡原因可能和未曾浮出水面的其他人员有关，也可能和她的亲属有关。这些人员应该属于权富阶层，他们出于脱罪的目的，花钱雇用了若干底层人员，把中田善枝的死伪造成一起绑架奸杀案。为了方便事态推进，勒索金额也并不高。

而在这个雇佣关系里，应该分了层次：有完全知情的掮客，有部分知情的操办人，也有几乎全程被蒙在鼓里，最后才被拉入伙的跑腿的人。这个糊里糊涂入伙的跑腿的人，就是石川一雄（或者他哥哥）。石川一雄在初次招供时，声称是他的同伙强奸杀人的，他只负责送勒索信；而在翻供时只是坚称自己无罪，并没有指认其他人员，原因正是他对案发过程一无所知，甚至连受害人的死亡时间也不知道。石川一雄由于仅仅负责了跑腿的工作，最后成为替罪羊，但可能也因此性命得保！

至于另外几名被雇用的涉案人员，很可能就包括：自杀而死的养猪场员工奥富玄二、曾给警方提供目击证词的路人田中升，以及另一个失踪的养猪场员工 ×。这几个人的死亡或失踪发生在案件调查初期，那时石川一雄也尚未落网，这几个人可能是畏罪自杀或畏罪潜逃，也可能是受到了巨大的胁迫，原因就在于，这几个人应该对中田善枝的死亡真相知情或部分知情。再细分的话，和石川一雄接触并把他拉入伙的人，应该是奥富玄二和 ×（石川一雄供认同伙是他的两个养猪场同事），这两个人动手伪造了绑架奸杀案（奥富玄二也是B型血）；而路人田中升则可能是和凶手（或共犯）直接打过交道的掮客——田中升是胸口中刀而死的，相比自杀，更像是被杀人灭口的。

其后警方逮捕石川一雄，迫于某些方面的压力，急于结案，而采取了诱供和栽赃的手段。而死者的家属显然也参与了做伪证、栽赃等事项。石川一雄在审讯初期供出了两名同伙，但幕后方唯恐被牵涉——如失踪潜逃的 × 就是巨大隐患——所以警方威逼利诱，迫使石川一雄承认是其独立犯案。直到一审被判处死刑，石川一雄这个冤大头才后悔起来。这时候，日本部落解放同盟乘机介入，于是腰杆硬了的石川一雄全盘翻供，坚称自己完全无罪，引发抗争浪潮。

事情发展到这个地步就失控了。狭山事件变成全日本的焦点事件，各方都骑虎难下，各种更疯狂的掩盖真相的手段层出不穷。死者的姐姐中田美惠和哥哥中田健治因为意志崩溃而先后自杀，此案的一些相关人员也或自发或人为地相继身亡——这些也不再是难以想象的事情了。

值得区分的是，在代表部落民和代表非部落民的利益团体的斗争中，双方都有暴力侵害的行径，但暗杀灭口一类的做法，我认为应该集中出自后者；而前者所做的，顶多是威胁和宣泄，譬如在法院调查官家中放个哑弹，或者找辆小破车往拘留所撞过去——毕竟，上流阶层的手腕更优雅，心也更狠。

这种血腥的迷雾以及事件的社会影响延绵至半个世纪以后，日本东京高等法院在2018年宣判石川一雄无罪，但谁又知道这是一种真相的最终敲定，还是仍旧是一种人间利益的丑陋之相呢？

以上是我对狭山事件的全部猜想。

05. 最后的悬疑

最后的悬疑，是狭山事件和《龙猫》的关系。

不知从什么时候开始，狭山事件和宫崎骏的著名动画电影《龙猫》扯上了某种微妙的瓜葛。我搜索了一下网友们找出来的蛛丝马迹，主要是说两者有以下关联点：

一、《龙猫》的背景地为日本埼玉县的所泽市，在狭山市的旁边。而《龙猫》影片原名，就叫《隔壁的 Totoro》。在影片中，也有多处出现狭山的地名。

二、影片背景设定在昭和时代，据官方说明，时间是 1953 年，和 1963 年发生的狭山事件刚好错开十年。

三、影片中作为主人公的一对姐妹，姐姐叫草壁皋月，“皋月”在日语中是 5 月的意思；妹妹叫草壁梅（May），“May”在英语中是 5 月的意思。狭山事件发生的时间正是 5 月 1 日。

四、在影片里，姐姐十二岁，妹妹四岁，两个人的年龄加起来是十六岁，和狭山事件的受害者中田善枝遇害时的年龄一致。另据了解，《龙猫》最初的设定里只有一位女主人公，所以两个女孩的名字都是“五月”，这也暗示两个主人公其实来自同一个原型。

五、在影片中，妹妹曾经离家失踪，姐姐和村里人慌忙寻找，并从田边的池塘里捞上来一只鞋子。大家应该记得，狭山事件的死者遗体，是在田间被找到的；而勒索信中则写道：“去西武公园的池塘里找你们的孩子吧。”有一些脑洞大又眼神好的网友还指出：影片里从姐姐上路找妹妹那幕起，两姐妹就没有了影子，这是否影射着那两姐妹其实已经死去？

六、对应地，姐妹俩其后坐上猫巴士前往七国山医院找妈妈，途经四个名字带有死亡意味的车站：冢森、长泽、三冢、墓道。两姐妹坐上车后在田间飞驰，村里人只感到一阵拂面的风，而再也看不见她们。

七、影片中有一家七国山医院，而在狭山市的狭山湖边，真实存在着一家八国山医院，那正是一家临终医院。

八、两姐妹历经艰辛到达七国山医院后，却没有走到病房看望妈妈，而是坐在大树的枝头远远眺望。而她们的爸爸妈妈也看不见她们，妈妈对爸爸说："感觉她们就坐在那棵松树上，笑着看着我们。"——这句话，像极了对逝者的悼念。

九、龙猫的名字Totoro，据说来自北欧词语"Tororu"。民间流传有Tororu是北欧神话里的死神的说法。

十、最后却也许是最重要的一点：在狭山事件中，死者的姐姐中田美惠曾留下了一些古怪的证词，她声称自己"见到了巨大的猫妖"！

由于《龙猫》有诸多设定和情节都和狭山事件暗合，许多人提出《龙猫》的故事原型正是1963年5月发生的那起花季少女遇害的悲剧，连带龙猫的可爱形象也发生了颠覆。有一阵这种声音相当吵闹，很多人甚至直接把电话打到了吉卜力工作室，于是吉卜力就出来辟谣了。他们发布了一则声明："我们可没有'龙猫是死神'和'小女孩已死去'的设定，至于影片后来小女孩没有了影子，仅仅是因为我们认为没有必要而已。"

然而，这则官方的声明发布于2007年5月1日——这一天，恰恰就是狭山事件四十四周年纪念日，也是死于十六岁的中田善枝的六十岁生忌之辰。

你若问我意见，我想，在这个问题上我们又不用断案和判刑，无须口供，也无须铁证，如果只说推理，这一大串的巧合还不足够吗?

宫崎骏爷爷谈到他从年轻时代就开始构思的《龙猫》的故事时，曾说："这是一部相当天真的电影。"我想我们需要相信的只是，那是一种对悲伤现实的美好愿望——花季女孩遇到的并非死神，而是能守护她的精灵，那该多好……

（作者：葵田谷）

8

我俩没有明天

——邦尼与克莱德

有一天他们会一起倒下，人们会将他们肩并肩埋葬。
有些人感到悲伤，法律则感到宽慰；
但对邦尼与克莱德，这就是死亡。

01. 一起倒下

1934 年 5 月 23 日清晨，美国南方路易斯安那州的边维尔县赛尔斯附近的高速公路旁，一辆小货车停在路边，司机大叔在换轮胎。

路的另一头，一辆福特 V8 以八十五英里[1]的时速风风火火地开了过来。福特司机看到大叔，踩了刹车，车子慢了下来，向大叔的方向靠近。眨眼间，大叔忽然卧倒，钻到车底下。福特司机立马意识到不对劲，但为时已晚。

路旁的草丛里突然跳出六个全副武装、装备精良的人，拿着六把自动步枪向福特车扫射。

硝烟弥漫，枪声震耳欲聋。短短几分钟的光景，这六个警官先发射了所有他们各自被分配到的步枪子弹，接着是霰弹枪里的霰弹，最后是手枪里的子弹。根据各家媒体后来的报道，警方一共发射了一百四十到一百六十七发子弹。

在这一百多发子弹的扫射下，车内的邦尼与克莱德永远地倒下了。

邦尼与克莱德是 20 世纪 30 年代美国最著名的亡命之徒，被媒体称为“罪犯界的罗密欧与朱丽叶”。此时，他们双双倒在那辆被子弹打得千疮百孔的车里，她的头垂靠在他的肩膀上。

美国犯罪历史上最跌宕起伏的一次追捕攻击行动终结了这个传奇，也印证

[1] 英美制长度单位，1 英里约等于 1.6093 公里。

了邦尼在她的诗作《小径的尽头》里的预言：

有一天他们会一起倒下，
人们会将他们肩并肩埋葬。
有些人感到悲伤，法律则感到宽慰；
但对邦尼与克莱德，这就是死亡。

墓碑上，人们以这些字句纪念邦尼："一如阳光和朝露使花朵更甜美，像你这样的生命使这个旧世界更耀眼。"

克莱德的墓碑上则刻着："逝去但未曾被遗忘。"

02. 爱上你是一种绝望

美国人确实没有遗忘邦尼与克莱德。他们被击毙后的这八十七年来，邦尼与克莱德的故事启发了许多创作，包括六部电影及电视剧、诗歌、传记、博物馆及画廊展览等。

其中最有名的是 1967 年由阿瑟·佩恩执导，沃伦·比蒂和费·唐娜薇主演的电影《雌雄大盗》，又译《我俩没有明天》。虽然这部电影将两个人的事迹及形象高度浪漫化，但这也说明了他们在美国文化里的标志性地位。

邦尼与克莱德是活跃于美国经济大萧条时期（约 1929 至 1933 年）的罪犯。那几年，商业活动长期停滞，失业率骤升，高达 25%，付不起房租或房贷而流落街头的人到处可见，社会上各种犯罪和暴力事件也越来越多。

两个人隶属于一个名为"巴罗帮"的犯罪团伙，而这个名字就是以克莱德的姓"巴罗"取的。从 1932 年到 1934 年，这个团伙在美国各地犯下多起抢劫及杀人案件，其中最有名的成员便是邦尼与克莱德。

邦尼·伊丽莎白·帕克，1910 年出生于得克萨斯州的一个小镇罗威纳，是家里三个小孩的老二。

她的父亲是个建筑工人，在她四岁的时候就过世了。母亲带着三个孩子搬到达拉斯，靠着做裁缝挣钱度日，生活非常拮据。虽然家庭贫寒，但遇见克莱德之前的邦尼，完全没有走上犯罪之路的迹象。

少女时期的邦尼长相甜美，学习成绩又好，特别是语文方面，很早就展露出写作上的天赋。热爱文学的她喜欢写诗和音乐，对舞台也怀有梦想。

高中二年级时，邦尼在十六岁生日前一天嫁给同学罗伊·桑顿，但罗伊不仅有暴力倾向，还常常偷窃、打劫。他们的婚姻很快便支离破碎，不过两个人没有办理离婚。1929 年罗伊因抢劫（另一个说法是斗殴杀人）被判刑五年，他去服刑后，两个人终生未再见面。

比邦尼大一岁的克莱德·C. 巴罗于 1909 年出生在得克萨斯州的另一个小镇特利克，家里有七个孩子，他排行第五。

和邦尼的家庭一样，经济萧条也让克莱德的父母破产了。当时美国农产品价格跌落超过 60%，务农的父亲一度只能带着全家人住在一辆篷车底下。当他们终于存够钱买了个帐篷，能住进帐篷里，七个孩子都开心极了。后来，由于气候干旱无法再耕种，全家不得不迁居到达拉斯，也就是邦尼和她母亲生活的城市。

传记作家笔下的克莱德是个谦逊、和善的小男孩，在十六岁之前还上着学。那时的克莱德梦想着成为一个音乐家，对吉他和萨克斯管特别有兴趣。只是，对一个贫困大家庭的一员来说，这个梦想太过遥远。

克莱德死后，警方在那辆福特车里找到了他的萨克斯管。这个在逃亡路上还带着梦想的浪漫的年轻人，是受了哥哥巴克的影响才走上犯罪道路的。

1926 年，十七岁的克莱德因租车不归还，第一次被捕。他虽然在 1927 年到 1929 年期间都有工作，但同时也持续犯罪。刚开始只是小偷小盗，接着便偷车，最后升级为携带武器抢劫。

到了1930年，才二十一岁的克莱德因为参与了几次大抢劫，已经成为被通缉的逃犯。

也就是在这一年，他与同样出身贫寒、爱好文艺的邦尼在一个朋友的家庭聚会中相遇了，两个人一见钟情。

那时，二十岁的邦尼和母亲住在一起，在餐厅里当服务员，生活苦闷而无趣。克莱德的出现填满了邦尼的那份空虚。她对生活的热情、对新鲜事物的想象全被激发了。

邦尼在那首《小径的尽头》里向世界展现了她心目中的克莱德：

他们称他们为冷血杀手，
他们说他们没心没肺还很坏，
但我很自豪地说，我认识的克莱德，
诚实、正直，而且清白。

可惜，两个人相恋了几个星期后，克莱德就因盗窃罪被逮捕，判刑两年。

狱里狱外的两个人开始频繁地通信。为一解相思之苦，克莱德计划越狱，而邦尼则不顾母亲的反对，搞了一把枪混进监狱后带给他。

1930年3月11日，克莱德用这把枪成功越狱，但一个星期后被抓了回去，并被重判十四年。不久后，他被转到得克萨斯州的伊斯特姆农场监狱进行劳动改造。

03. 性情大变

在伊斯特姆农场监狱劳动不仅辛苦，还会经常遭到狱警残暴的虐待。为了逃避苦力活，克莱德故意制造一个“意外”，让狱友砍掉了他的一个大脚趾和另一个脚趾的一部分。

这个“事故”让他余生都行动不便，走路一瘸一拐，开车时必须依靠袜子来踩油门和刹车。其实，他根本没必要出此下策。1932 年 2 月，“事故”发生的两个星期后，由于他母亲不停地向法院请愿，克莱德被假释出了狱。

这次坐牢经历成了克莱德人生的一大转折，因为他在牢里犯下了生平第一起杀人案。

长相清秀斯文的克莱德在牢里多次被一个囚犯强奸。终于有一天，他用一根金属棍子砸碎了强奸者的脑袋。

尽管这件事后来被一个已判无期徒刑的狱友扛了下来，但克莱德已不是从前的他了。

他出狱时，亲友都称他变得愤世嫉俗，完全是另外一个人。与克莱德交情挺好的狱友拉尔夫·富尔茨也称，他看着克莱德“从学校男孩变成了一条响尾蛇”。

克莱德曾说，他犯罪的最终目的不是发财，而是改革伊斯特姆农场监狱。有人曾写道，克莱德的人生目标并非借着抢银行成名，而是报复伊斯特姆农场监狱在他服刑期间对他的虐待。

04. 情侣巴罗帮

出狱后，克莱德在达拉斯一个玻璃工厂里找了份工作，想要改邪归正，但警察三番五次的盘查与骚扰让他丢了工作。最终他放弃了，便跟着雷蒙德等几个前狱友，开始抢劫银行、商店和加油站。

邦尼参与了他们的每次行动。对她来说，这一切既是刺激的冒险，也是她的爱情。终于，邦尼在 1932 年 4 月正式加入团伙。

这伙人就是大名鼎鼎的巴罗帮，成员一共有九个，两女七男。

一、克莱德·C.巴罗。

二、邦尼·伊丽莎白·帕克。

三、巴克·巴罗：克莱德的哥哥，1933年重伤死亡。

四、布兰奇·巴罗：巴克的妻子，1933年投降，被判十年有期徒刑。

五、拉尔夫·富尔茨：克莱德的狱友，在团伙里活动不久就被捕入狱。

六、威廉·丹尼尔·琼斯：克莱德家的旧友，从1932年圣诞前夕到次年9月初，共加入八个半月。

七、雷蒙德·汉密尔顿：1934年1月在“伊斯特姆大逃狱”中逃出后加入团伙，不久后离开。同年4月25日再次被捕。

八、乔·帕尔默：在“伊斯特姆大逃狱”中逃出后加入团伙，枪击了两名狱警，一名死亡，另一名重伤。后来以此被定罪。

九、亨利·梅思文：在“伊斯特姆大逃狱”中逃出，成为最后一个加入的成员，并在最后的四个月都跟着邦尼和克莱德。

这个团伙的成员来来去去，但核心成员始终是邦尼与克莱德，他们也是其中名声最响亮的。

他们主要用偷来的汽车在美国中西部以及西南部地区的八个州流窜，抢劫银行、加油站和商店，也常常抢劫军火库来补充他们的武器。

根据媒体报道以及美国联邦调查局的资料，到两个人被枪杀那天为止，巴罗帮一共杀了十三个人，包括九个警察、四个平民，并犯下数不清的抢劫与盗窃罪行。

1932年4月，他们抢劫得克萨斯州希尔斯伯勒一家杂货店的时候，手枪走火，打死了店主。算上监狱里那个强奸犯，这是克莱德杀死的第二个人。

邦尼在这次失败的抢劫行动中被警察逮捕。在监狱里等待庭审的两个月，她靠写诗来打发时间，后来她还出版了诗集。由于声称自己是被巴罗帮绑架的，她在 6 月被无罪释放。

8 月，邦尼去达拉斯见妈妈，克莱德和雷蒙德去了俄克拉荷马州一个小镇的舞会。当地警长和副手在停车场盘问他们时，双方交火，结果警长重伤，副警长死亡。克莱德顺利逃脱，而雷蒙德被捕后被送进了克莱德视为地狱的农场监狱。这是他们第一次杀死警察。

10 月，他们又在得克萨斯州一家商店打劫，并杀死了店主。但这一次只抢到了一些杂货和二十八美元现金。

12 月，十六岁的威廉加入团伙，第二天便偷了一辆汽车，同时杀死车主。两周后，克莱德又杀了一名得克萨斯州的地方警察。

1933 年 3 月，克莱德的哥哥巴克假释出狱。他带着妻子布兰奇与克莱德会合，想劝他自首。

就是这个哥哥从小带坏了克莱德，所以这思想工作还能成功吗？没几下工夫，巴克便改变主意，加入弟弟的团伙，还带上了（邦尼和威廉认为）只会坏事的布兰奇。

布兰奇从小便每个星期上教会做礼拜，长大了仍是穿戴整齐，每天洋装手袋（美国当时“良家妇女”的标配）不离手，还带着条名叫雪球的狗。多年后布兰奇受访时表示，她非常不喜欢自己在电影里遇事只会尖叫的形象。

巴克的思想工作没有成功的另一个原因是，此时已经有五条人命算在这个团伙的头上，想回头也难了。

05. 成为家喻户晓的“明星”

巴罗兄弟俩会合后，一伙人在密苏里州乔普林市的橡树岭大道上租了房子，成天喝酒玩纸牌，闹腾到深夜，没钱便打劫。一户邻居受不了他们夜夜吵闹，于是报了警。

一开始，警方以为这是一个私酒团伙。那个年代美国有禁酒令，很多人自己私下非法制酒。4 月 13 日那天，五名警察驾着两辆车前去侦查。

没想到，警车刚停，警察门都还没进，就有许多子弹飞向他们。

原来他们中了埋伏，而麦金尼斯探长和警员哈里曼中弹身亡。

在枪林弹雨中，威廉和巴克也被击中了。邦尼靠着一把火力强大的白朗宁自动步枪掩护大家离开。逃走前，他们还不忘到街上去拉布兰奇上车。雪球在混战中受到惊吓，到处乱窜，布兰奇竟不顾死活地到街上去追它。

这场突如其来的枪战让他们措手不及，在公寓里遗留了一堆暴露他们身份的物品，包括巴克的结婚证书、假释文件、一台相机以及里头尚未冲洗的胶卷。

邦尼和克莱德男俊女美，拍照又很会摆姿势，留下了很多时尚大片似的经典照片。

媒体这么形容邦尼："身材娇小，肤色白皙，头发金红。"据说连伏击他们的警官都曾在书里称赞她的美貌。

枪战两天后，他们登上了当地报纸的头条，接着全国媒体开始大量地报道，使他们成为家喻户晓的名人。媒体开始以"巴罗帮"称呼他们。

有几张邦尼和克莱德的照片，例如邦尼手持手枪、嘴上叼雪茄的照片，更是广为流传。那些遗留在公寓里的物件后来都成了博物馆里展示的纪念品。

随着那些持枪照的大量曝光，邦尼和克莱德的"银行大盗"形象深植民心。他俩竟然摇身一变，成为大萧条时期的民间英雄。这是完全出乎当局意料的。

电影以及媒体报道把邦尼和克莱德描写成劫富济贫的罗宾汉。由于在大萧条时期一些银行趁机放高利贷敛财，为民众所痛恨，所以一些人对巴罗帮抢劫银行的行为拍手称快。

记者杰夫·吉恩称，人们之所以对邦尼和克莱德如此狂热，并不断地传颂他们的故事，是因为他们满足了经济大萧条的情况下人民反抗政府、抵触富人的幻想。同时，那种惊心动魄的爱情，谁不向往呢？

于是，邦尼和克莱德成了整个时代都在寻找的一个情绪出口。

美国前任众议院议长吉姆·赖特曾这么评论邦尼与克莱德："即便你不赞同他们，你肯定仍然有些羡慕他们：他们长得那么好看，有钱，还很快活。"

颜值高是真的，有没有钱就说不准了。在经济大萧条时期，抢银行的收益也没有保障。

据报道，他们第一次抢银行只抢到了八十多美元。这件事发生在 1932 年 11 月 29 日，在密苏里州迦太基城的一家银行。

第二次更有意思了。克莱德手里握着枪，大喊大叫地冲进银行，心里暗自希望没有警卫敢上前阻止。结果，银行里根本没钱，柜台上落了厚厚一层灰。

电影里也有这一幕。在离开银行的路上，饰演邦尼的费狂笑了半天。事实上，在大萧条时期，全美一共有八千家银行倒闭。

不过，跟穷困潦倒的普通民众比起来，他们还是比较有钱的。没钱就去抢，那钱来得还不快吗？

总之，三男两女与一只狗就这样从漫天的火网里挣脱开来。而前方等待着他们的，是一段为期约一年的亡命之旅。

06. 逃亡之旅

接下来的这段逃亡就没那么快活了。

即使是人们心目中的英雄，但他们仍然是罪犯，而高知名度为他们的逃亡带来许多不便。全国上上下下都认得他们的长相，行踪更容易曝光。

布兰奇在 2005 年出版的回忆录里提到，他们开始不敢到餐馆里吃饭，只能在野地里生营火随便烧饭，或吃冰冷的罐头食物。住汽车旅馆也不再安全，只好在郊外的溪流里梳洗沐浴，在偷来的车子后座度过一个又一个漫漫长夜。

邦尼和布兰奇原本就处不来，这会儿吵得更厉害，使得三个男人夹在中间很是尴尬。

1933 年 6 月，他们驾车时发生了车祸，车子翻下了山沟。邦尼的腿被电池里的强酸液体严重灼伤，自此以后行动不便，常常由克莱德抱着她。

为了让邦尼养伤，他们藏身于阿肯色州一处旅游胜地，但很快不得不再次上路逃亡，因为他们在打劫一家商店时引来了镇上的警察，又射杀了警长。

1933 年 7 月，克莱德和威廉进城购买食物和用来治疗邦尼腿伤的药物时，立刻被店里的药剂师认了出来。当时全国很多人都认识他们，而且警方知道邦尼受伤后，公告通知了各家药店他们可能会购买的药物。克莱德和威廉离开后，药剂师报了警。

当晚他们窝藏的小屋便被警方包围了。警方的冲锋枪不敌白朗宁自动步枪，团伙成功逃脱，但是巴克头顶中枪，伤情非常严重。

接下来的一路逃亡越发狼狈。警方已加强追捕力度，且他们一路上都被民众认出，只能左逃右窜。

团伙逃到了艾奥瓦州后，民众发现了血染的绷带后报警。警察立马赶到，将他们重重包围，又是一场枪战。

克莱德、邦尼、威廉逃脱，而巴克再度中枪，只得和布兰奇一起投降。五天后，巴克死于头部手术后的感染，而布兰奇在狱中蹲了十年。

失去了两个重要成员，此时的“巴罗帮”只剩下三个人。

9 月初，克莱德和邦尼冒险到达拉斯见家人。威廉与他们分道扬镳后，回到休斯敦见母亲，并在 11 月被捕。

11 月 22 日，克莱德和邦尼在得克萨斯州家乡附近遭到警方伏击，但成功逃脱。月底，达拉斯大陪审团对两个人发了一起谋杀起诉书，并第一次对邦尼发出通缉令。

随着团伙成员越来越少，这对情侣犯的罪也从抢银行和劫持汽车缩小为小规模的打劫。

1934 年发生的两件事彻底惹怒了警方，而民间舆论也开始转向，认为他们必须接受法律的制裁。邦尼和克莱德的旅程也慢慢到了尽头。

第一件事，克莱德在 1 月 16 日实现了他长久以来的愿望，袭击了伊斯特姆农场监狱，并帮助他的老友雷蒙德以及包括梅思文在内的其他四个狱友成功越狱。其中一个狱友射杀了一名狱警，致另一名狱警重伤。

这次事件后，警方越发加强对巴罗帮的追捕力度与组织性，但他们的犯罪却从未停止。

2 月，他们抢劫了位于得克萨斯州兰杰的军火库，刚加入巴罗帮的梅思文也参与了。八天后，团伙用这些武器抢了一家位于得克萨斯州兰开斯特的银行，得到四千一百三十八美元。

3 月初，邦尼和克莱德答应带梅思文回路易斯安那州去看他的家人。

4 月 1 日发生的“葡萄藤事件”，是激怒警察和民众的第二件事。在高速公路上，团伙成员射杀了两名年轻的巡逻警员。到底是谁杀的，克莱德的说法前后不一，先说是梅思文，后来又说是雷蒙德。

在复活节前发生这件事，大家的心情和节日的气氛都被破坏了。更糟的是，其中一个警员才刚订婚，葬礼上他的未婚妻穿着婚纱，无限悲恸，而整个保守的小镇都在哀悼。

这时民意开始转向，认为巴罗帮十分可恶，必须被绳之以法。

雪上加霜的是，五天后他们又杀了一个警员，还是个六十岁的单亲爸爸。无论是谁开的枪，梅思文都在场，逃脱不了干系。后来警方利用这一点，以及葡萄藤事件，对梅思文的爸爸加以威胁利诱，让他以邦尼和克莱德的行踪来交换梅思文的性命。

巴罗帮引发了民愤，死亡已不可避免。《达拉斯日报》刊登了一幅漫画，画里是一张空着的电椅，标题写着“保留给克莱德和邦尼”。但是，他们甚至没能撑到坐上电椅的那一天。

07. 末路

警方在进行了六个月的大规模搜捕后，终于在 1934 年 5 月将巴罗帮一网打尽。

尽管之前警方也大量部署对巴罗帮的追捕，但都失败了。巴罗帮能够成功逃脱追捕长达近两年，并在此期间成为美国最著名的罪犯，有几个重要因素。

第一，尽管警方早在 1932 年年末（另一说是 1933 年 5 月）便开始调查这个团伙，但美国当时还没有跨州的官方调查机构，警方无权跨州执法。

在彼此之间缺乏横向联系的状况下，各州警方难以整合犯罪数据。而巴罗帮游击战式的跨州作案方式，更提高了侦查与追捕的难度，让各州警方都很受困扰。

第二，巴罗帮的武器都是从军火库抢劫而来的，所以他们的装备总是比小镇警察的更先进、齐全。而且，根据网文的转载，传记作者汉德利称，当时美国南方和西南方的警车大多破旧不堪，有的甚至没有电话和收音机，根本追不上开着（偷来的）豪车的克莱德。

第三个重要原因是很多民众自愿庇护巴罗帮。这些人有的因经济萧条而破产，有的看到别人因贫穷受苦而感到不满，而在他们眼里，邦尼和克莱德是劫富济贫的银行大盗，必须受到保护。

实际上，这是人们的误解。

巴罗帮抢劫的对象更多是小商小贩。1968 年，团伙成员之一的威廉接受杂志采访时否认“银行大盗”的身份。尽管他们也抢银行，但更多时候他们进行的都是五美元、十美元的小额抢劫。从便利店到加油站，受害的都是底层的劳动者。

据报道，同时期的劫匪约翰·迪林格曾经鄙夷地说："巴罗帮只会偷孩子的牛奶钱。"

而且克莱德可能也并不像照片所显示的那么厉害，他始终被警方认为是个眼高手低、顾此失彼的小镇男孩，作案手法拙劣。他们能成为"英雄"是因为媒体的渲染，以及整个时代的情绪。

由于政府机构、作案手法以及社会氛围等原因，巴罗帮才得以如此长久地逍遥法外。

一直到 1934 年年初，克莱德实现他策划已久的"伊斯特姆大逃狱"，让当局颜面尽失，警方才痛下决心，对巴罗帮展开全面追捕。

得克萨斯州政府找来得克萨斯州前骑警队长弗朗西斯·奥古斯塔斯·哈默。哈默战功显赫，共五十三次击毙犯人而获颁奖，1955 年死后跻身得克萨斯州游骑兵名人堂博物馆。

但是哈默的名声与辉煌的战绩建立在他很乐意使用致命的暴力这一基础上，一如他对付邦尼与克莱德的方法，而这一点是相当有争议的。

哈默仔细调查研究巴罗帮团伙的活动路线之后，就去找了梅思文的父亲。梅思文的父亲为了救儿子，便向哈默泄露了他们的行踪。

另有一个说法，去找梅思文父亲的其实不是哈默，而是路易斯安那州警长亨德森·乔丹。在他不断的骚扰与轰炸下，梅思文的父亲不胜其烦，就告诉了他，哈默也就辗转得知了消息。

梅思文对这件事是否知情呢？邦尼和克莱德的行踪究竟是如何被泄露的？没有人知道。

接着便发生了文章开头两个人被埋伏袭击的那一幕。

08. 死亡

对那一天邦尼与克莱德为什么出现在那个地点，他们从哪里来，又往哪里去，报道众说纷纭。

一个说法是，他们因为警方追捕与梅思文走散，于是依计划前往之前就约定好的会面地点。另一个说法是，他们前往探视梅思文的家人，顺便与梅思文会合。

我采用的是联邦调查局的档案资料：邦尼与克莱德和梅思文的几个家人 5 月 21 日晚上在黑湖办了一个聚会，并在 5 月 23 日一大早回梅思文家的路上受到埋伏。

除此之外，最后的埋伏行动还有几个疑点。

警方是怀着让巴罗帮接受司法审判的意图去逮捕他们的吗？或者，他们已经做好就地正法的准备？

刚开始，六个执法人员一致宣称，他们从草丛里跳出来大喊："停！"后来的说辞则是，其中一个较年轻的执法者未预警开枪，其他人便跟着一起扫射。

无论真相是什么，警方很清楚，邦尼和克莱德在遇到麻烦的时候会毫不犹豫地开枪来脱身，所以六个执法人员的枪里，子弹早就稳稳地上膛了。警方早就有杀人的准备，而邦尼和克莱德毫无抵抗能力，一枪未开就死了。

另一个争议点是，邦尼和克莱德中了几枪？

根据联邦调查局的资料以及部分报道，邦尼和克莱德都没有下车。他们的车一减速并向路边靠近，警方的扫射便开始了。克莱德头部中了一发来复枪子弹后立即死去，所以他很可能完全不知道自己被什么击中。

克莱德中枪后，邦尼随即开始尖叫，但叫声很快便在枪林弹雨中被淹没。那声尖叫许久之后仍鬼魂似的笼罩着这六个开枪的人。没有人控制方向盘的车子继续向前方移动，尖叫声也已经停止，但扫射仍然持续着。在车子完全停止后，哈默靠近车子，并发动最后一轮扫射。

根据网文,《时代》杂志报道称，克莱德身上有十七处枪伤，而邦尼则有二十六处。被指定处理两个人遗体的殡仪馆人员贝利称，克莱德和邦尼的遗体有多处弹孔，血肉模糊，严重变形，很不好处理。

邦尼和克莱德被击毙成了超级头条新闻。几个小时内，这个小城市涌进了几万人，除了来看这对传奇的鸳鸯大盗，他们还试着拿走尸体上以及现场任何可能带走的东西作为纪念。就连射杀他们的骑警也不例外。

超过一万人参加克莱德的葬礼，而参加邦尼葬礼的人则超过两万。邦尼的母亲拒绝实现邦尼希望与克莱德合葬的愿望。邦尼与克莱德死后天各一方。

讽刺的是，在邦尼的葬礼上，最大的鲜花束是报童送的，因为这对鸳鸯大盗短暂的一生大大促进了报纸的销量。

09. 另一种爱情

关于邦尼和克莱德的媒体报道实在数不胜数，可关于他们感情的报道却相对较少。对大多数人而言，这对鸳鸯大盗的照片似乎让他们给人的印象定格在罗密欧与朱丽叶的那种深切坚定、至死不渝的爱情里。

有些传记作家提出，没有人可以确认他俩的关系到底是恋人，还是只是一起逃亡的伙伴。

在克莱德服刑的两年间，邦尼为了探监方便而搬到附近工作。除了定期探监，他们还写信。克莱德一直勤快地写着，可后来邦尼的信慢慢少了。她有了其他追求者。

传记作家保罗·施奈德指出，邦尼一直不乏爱慕者。后来在得克萨斯州当上了副警长，甚至成为埋伏行动一员的特德·欣顿也是邦尼的爱慕者之一。这些男人有好工作，爱慕她，能够照顾她，也愿意满足她所有的需求。

但克莱德无视这一切。出狱后，他出现在邦尼面前，让邦尼打包行李跟他走。

这时，邦尼面对的是天与地的抉择。一边是给她岁月静好、前景安稳的男人，一边是前科累累、没有未来的罪犯。

她选择了后者，尽管这时她心里多半已经知道，这将是一条不归路。

现实生活里，选择另一半时，我们都会考虑对方能带给自己什么样的生活，或者跟有这些那些特质的人一起过日子，两个人一起向前走去的那一头是什么。

罗密欧与朱丽叶都出身贵族，柴米油盐从来不是他们的考量；泰坦尼克号上的罗丝能够完全沉浸在杰克给她带来的活力里，也是因为她没有缺乏面包的问题；英国爱德华八世放弃了江山也还是温莎公爵，更何况辛普森夫人当初也是向往上流社会的生活才想方设法靠近爱德华八世。

克莱德一直希望能靠抢银行大捞一票，让邦尼过上好日子，自己也可以重新开始。或许正是这种愿意付出一切来取悦爱人而无视结果的行为感动了邦尼，让她做出了不理性的选择。

一个极度贫穷出身的女孩，选了另一个贫穷且没有未来的男孩，并且跟着他亡命天涯，这里面如果没有一些爱，那会是什么？

邦尼这种出身的女孩，如果选择克莱德以外的任何一个男人，将面对完全不同的人生，且是她的母亲和社会都认可的那种，谁能不犹豫？而她二话不说，打包就走，奔着末路前去，直到最后。

（作者：知更鸟）

9

以保护为名的杀戮
——美国康奈尔高才生杀父案

此案迷雾重重，死者到底是哪天死的？
凶手究竟是母亲还是儿子？动机是什么？
查尔斯初审被无罪释放，接着又被逮捕并重判二十年。
现在，他或许可以迎来翻转命运的第三次审判。

2015 年 2 月 9 日，美国纽约州的一栋大宅内发生一起震惊社会的枪击案，一表人才的康奈尔高才生查尔斯供认弑父。此案迷雾重重，死者到底是哪天死的？凶手究竟是母亲还是儿子？动机是什么？查尔斯初审被无罪释放，接着又被逮捕并重判二十年。现在，他或许可以迎来翻转命运的第三次审判。

01. 案发

这天傍晚 6 点 09 分，美国 911 中心接到一个叫谭清（音译）的女人的报警电话。

电话里，她的声音听起来歇斯底里又狂乱。啜泣着的她，讲话含糊不清，还带着口音，令人无法理解。她说，她听到她丈夫与儿子的争吵声，接着便传来了枪击声。

当接线员询问她是否需要救护车，她答道："他已经死了。"

"谁已经死了？"

"我的丈夫。"

第一辆到达的警车于 6 点 25 分到达位于皮茨福德市的案发现场。由于无法确定现场是否会再次发生枪击，鸣着警笛的警车停在了几栋房子以外。当时大雪纷飞，暮色四合，谭清和她的儿子查尔斯站在房子前等着。

车门一开，三个已备好枪的警察快速跑向谭家的房子，查尔斯迎了上来。由于报警电话里指出查尔斯是开枪者，警察便命令查尔斯张开双臂，俯卧于地，从背后给他戴上手铐。查尔斯迅速而顺服地完成所有要求。

接着，查尔斯十分冷静地告诉警察，他杀死了他的父亲谭凌（音译），为了不让父亲伤害他的母亲。他还说，死者在二楼，并指出作案工具的位置。

警察在一两分钟内完成问话后，将查尔斯带到警车里扣留。这时，其他的警力也陆续到达，立刻展开了对现场的搜索。

在二楼的书房里，警方找到谭父的尸体，死状恐怖。

他的尸体仰躺在书桌后方地上，脚上还穿着室内拖鞋。胸膛挨了两枪，脸部挨了一枪。脸部挨的这一枪射击的距离最近，枪口像是抵住了谭父的脸，几乎轰爆了整个脸庞，令人难以辨认。法医后来说，这一枪是在谭父还活着的时候射击的。

根据报道，谭父的死状看起来更像是被暗杀或被执行死刑。

依照查尔斯提供的线索，警方在车库里找到了作案凶器：一把雷明顿 870 猎枪。

警方也发现两颗带有膛线的单丸猎枪弹弹壳，分别在二楼的浴室里，以及二楼走道上的洗衣篮里。

为什么弹壳会掉在这些地方呢?

第一枪从比较远的地方射出，估计是凶手还在走向书房时就射击，而浴室就在边上，于是弹壳弹到浴室里。

第二枪的射击距离比第一枪近，于是弹壳弹跳到走道的洗衣篮里。

最后一枪的射击距离最近，检察官说枪口挨着脸，表示这时凶手已经进入书房，站在死者边上，所以弹壳掉落在书房里。

三颗子弹射击距离不同，弹壳掉落的地方也会不同。有些报道说，所有的弹壳都散落在书房门口，这个说法无法解释三枪射击距离的差异。

有张现场照片是子弹穿过谭父书房椅子的椅背的场景，弹线是直线，看起来是从椅子前方射击的，这表示查尔斯是从谭父的正面射击的。

02. 成功的家庭

加拿大籍的谭凌与谭清来自中国，两个人婚后育有两个儿子，大儿子杰弗里和小儿子查尔斯。2003 年一家四口搬到美国纽约州定居。

谭家位于罗切斯特郊区东边的皮茨福德。罗切斯特是纽约州的第三大城，而皮茨福德是城里最富裕的社区。住在这一区的都是医生、律师、企业首席执行官等。

四十九岁的死者谭凌便是这些成功人士的一员。他曾任职于柯达公司二十多年，后于 2013 年创立了一家专门制造影像感应系统的公司，并将公司经营得红红火火。

这是一个典型的成功的中国移民家庭。谭家以经济成就跻身北美中产阶级，也跨越了种族的界限。这个以白人为主的社区，矗立着一幢幢独门独院、带着美丽草坪的大房子，为世人展示着美国梦成真的范例。

如果谭家是成功家庭，那远远超出父母期望的谭家小儿子查尔斯更是人中之龙。进了常春藤名校之一的康奈尔大学就读后，他在各方面仍然保持着高水平：学习优秀，运动出色，社团活动活跃。他加入了兄弟会，参加了轻量级的美式橄榄球队，还参与各种社区公益活动，前途不可限量。

品格良好的查尔斯是同学和朋友口中“我所认识的人里最慷慨无私的人”。他永远笑容满面，随时都准备帮助他人。邻居对查尔斯也是满口称赞，说他对老人和小孩都温和有礼。

查尔斯人缘极佳。一个在案发后为查尔斯四处奔走的金发女孩安娜·瓦伦丁被误认为是和查尔斯谈恋爱的啦啦队队长，其实她是查尔斯高中时最好的朋友之一。

另一位红发女孩才是查尔斯的女朋友，也是康奈尔的学生。

看起来如此幸福的谭家怎么会发生这种不幸？查尔斯这样完美的孩子为什么会弑父？

03. 案件的疑点

案发时家里只有三个人：谭父、谭母和查尔斯。大儿子杰弗里已经搬到科罗拉多州生活。查尔斯供认，他是为了保护母亲不受父亲暴力伤害而开的枪，而谭母的证词与此一致。

警方也发现一项与自卫杀人的证词吻合的线索：一张家庭暴力法庭预约卡。

1 月 28 日那天，谭母打电话报警说谭父殴打她、掐她的脖子，并请求保护。警察来到谭家，发现一些虐打的痕迹，但不构成重罪。谭母可以选择以轻罪起诉谭父，但她拒绝了，而谭父则同意离开家一个晚上。

依照程序，警察给谭母安排了 2 月 3 日到家暴法庭的会面。没有报道提到她后来去了没有。

换句话说，案发一个多星期前，谭父对谭母暴力相向，且留下了正式记录，也坐实了查尔斯关于父亲伤害母亲的话。

但是，警方也在调查中发现了一些与查尔斯和谭母说法不符合的线索。

矛盾的证据

首先，警方并没有在作案的那把猎枪上发现查尔斯的指纹，而是在子弹的弹壳上找着的。检方无法直接证明是查尔斯开的枪。

其次，案发当天，警探一踏进屋子就闻到尸体开始腐烂的气味，而这种气味是人死亡了一段时间之后才会发出的。这让警探怀疑，实际枪击时间与谭母和查尔斯的说法不符。

现场到处都是已干涸的血迹，这让警探更加怀疑了。尽管纽约州的 2 月冰天雪地，室内整天开着空调保暖，非常干燥，但如果谭母在枪击发生的第一时间便报了案，血迹不可能干得那么快。

第三项矛盾的证据，是尸体的状态。

一般来说，人体在失去生命迹象后会开始僵硬，经过十二到二十四小时之后，僵硬的现象会消失，尸体则逐渐恢复弹性。警方到达时，谭父的尸体已经过了僵硬阶段，恢复了弹性，且发出腐烂的气味，法医据此判断，谭父已经死去四十八到七十二小时。

更奇怪的是，书桌上的笔记本电脑显示，谭父的邮件收发活动停止于 2 月 5 日，比查尔斯和谭母声称的枪杀日期（2 月 9 日）早了四天。谭父是个众所周知的工作狂，而整整四天没有读取、回复邮件，这实在难以解释。

而且，案发现场没有任何打斗或挣扎的迹象，书桌上、房间里所有物件整整齐齐，毫不凌乱。若是自卫杀人，当时应该有攻击性行为发生。但以谭父倒下的姿势判断，枪击发生时，他正坐在书桌前工作，看起来更像是受到出其不意的袭击。

做庭审结语时，辩方律师之一詹姆斯 · 诺布尔斯甚至直接称："有更多的证据表明扣动扳机的人是谭母，而非查尔斯。"

开枪的人到底是谁?

根据某些传闻，查尔斯在 2 月 5 日下午 3 点多接到一通电话后，便急忙赶回家中，而谭母在 4 点多报警声称她受到丈夫殴打。提出这种说法的报道以此推论，谭母枪杀了丈夫之后，打电话让查尔斯回家。

但这与检方传唤的三十位出庭证人中多位的证词不符合。

案发全貌

2015 年 2 月 5 日，也就是谭母报警的前四天，杰克 · 格罗斯曼在 0 点 45 分接到查尔斯的电话。

杰克和查尔斯小学六年级就认识了，还一起上了皮茨福德曼敦高中。

杰克和父母住在谭家附近，而查尔斯打电话时，人在一百英里外的校园里。他们讲了几分钟，并约好那天晚上 10 点在杰克家见面。

几个小时后的早晨，查尔斯突然向橄榄球队教练请假，说他无法参加星期五的举重练习。这时候还不到春假，校园里所有的课都进行着，为什么查尔斯赶着回家，甚至不能等到周末?

查尔斯告诉了教练实话：他必须回家，因为父亲打了母亲。教练问查尔斯有没有任何地方他可以帮忙，查尔斯落泪了。教练有点担心，让查尔斯到家时给他打个电话报平安。

康奈尔大学的橄榄球队是个关系紧密的团体，教练就像个大家长。平时除了练球，他也关注每个球员的日常生活及学习状况。查尔斯在新生入学时就加入了球队，这一年多来朝夕相处，教练从没见过查尔斯如此一反常态地处于低潮。

向教练请假后，查尔斯把他银行卡上的钱都取了出来，在午后去往距离校园半小时车程的沃尔玛商店。他是来买枪的。

检察官莉萨·弗莱彻日后在记者发布会上讲述了查尔斯取得枪支的过程。她说："查尔斯花了四个多小时处心积虑地要买到那把枪。买枪过程坎坷，他自己买不成，他最好的朋友买不成，他拜托学弟惠特尼买也没买成。最后惠特尼去了监理站更新他的驾照，才终于买到。"

查尔斯在商店里填写了购买枪支所需的文件，在"购买者"那一栏签了名。在文件上，他也说明了他并非美国公民，而是加拿大人。

由于他的非公民身份，商店必须进行第二次背景调查。查尔斯不愿意等，找了一个好朋友，这个朋友却因为某种缘故而没能帮他。接着，查尔斯联络了惠特尼。

查尔斯告诉惠特尼，他需要一把枪去打猎，请惠特尼帮他购买，并交给他八百美元。惠特尼答应了，查尔斯便开车带他去了沃尔玛。

商店里监控器的镜头中，惠特尼独自进入商店并完成交易。

惠特尼买了这把猎枪以及两盒子弹，交给查尔斯。接着，查尔斯开车带惠特尼回校园，并送他六瓶啤酒以示谢意。

带着猎枪和子弹，查尔斯回到家里，从后门进入。他带着枪走上二楼，进入他父亲的书房。那时，谭父正坐在书桌前用笔记本电脑工作。查尔斯正对着父亲，从稍远的距离朝谭父的胸口第一次扣动了扳机。

接着，查尔斯走近谭父，又朝谭父的胸口开了第二枪。最后，他近距离地朝谭父的脸开了致命的一枪。

射击之后，查尔斯让谭母打包行李，准备离开美国，返回加拿大。

晚上 10 点，查尔斯依约来到杰克家。他们一起看了一会儿篮球赛。查尔斯问杰克有多少钱，还说他可能要离开美国。据说，杰克给了查尔斯三百美元。

杰克说，查尔斯看起来很伤心，而且样子像是哭过。

查尔斯回家后，杰克很担心，便和他的妈妈一起开车到查尔斯家去，但他们并没有敲门。回家后，杰克的妈妈报了警，因为感觉不太对劲。

过了一会儿，查尔斯和谭母准备好要离开时，站在屋外的查尔斯看见一辆警车停在他家前面，接着一个警察打开车门走了出来。查尔斯向警察走过去。

警察威廉·康奈尔在庭上做证，由于杰克的妈妈报了警，他在 2 月 5 日深夜 11 点 35 分抵达谭家。

威廉告诉查尔斯，他过来看看，因为查尔斯的朋友杰克很担心他。查尔斯则告诉威廉，他没事，他没有想要伤害自己或任何人。

威廉说，查尔斯看起来很平静。他们在屋外谈了五到十分钟后，威廉便离开了。

查尔斯后来形容，那时“我的心脏跳得很快，但我尽量保持冷静”。因为谭父这时已经倒在书房里了。

随后查尔斯和谭母开车朝西北前进，绕过安大略湖，于2月6日凌晨2点左右从尼亚加拉瀑布穿过边境，回到加拿大。

据说，他们离家时把门窗都打开，以延缓尸体的腐烂。其实，以纽约州2月的天气，只要把空调关了，屋里很快就会像屋外一样天寒地冻。

同时，查尔斯还通知了在科罗拉多州的哥哥杰弗里。

在多伦多，查尔斯购买了两张到上海的单程机票，并在2月7日申请了旅游签证。同一天，哥哥杰弗里搭机抵达多伦多，见到了查尔斯和谭母。

2月9日，查尔斯领取了签证。同一天，三个人开车越过尼亚加拉瀑布的彩虹桥，再次进入美国，回到皮茨福德的家。

这个时候，没有其他人知道谭父已死，查尔斯和谭母可以顺利搭机逃离。机票都买了，签证也拿到了，为什么他们要回美国？这个部分在下面的家暴家庭心态分析中会提到。

在谭母报警的约一个小时前，康奈尔大学的兄弟会成员在下午5点13分都收到了一封来自查尔斯的邮件。

邮件里，查尔斯向他的兄弟们预告："接下来的这段时间，你们很可能会在新闻报道里听到一些传闻，以及被当局询问一些问题。不要相信那些你听到的。有些人已经知道我的状况，时机成熟时，你们也会知道真相的。"

接下来发生的就是文章开头那一幕了。

成功的辩护策略

检方认为这是一起有预谋的谋杀，并以二级谋杀起诉了查尔斯。庭审时，检方基本还原了案发时间线，并以此反驳了查尔斯自卫杀人的辩词。

尽管面对着检方提出的诸多证据，查尔斯的律师团队还是顺利地将陪审团的关注导向"是查尔斯还是谭母开的枪"这个问题上。

同时，查尔斯和谭母配合律师团队的策略，拒绝提供更多线索，于是有许多关键信息检方无法证实，这留给陪审团许多间接证据。

一直到第二次被逮捕后，查尔斯才一点一滴地供认出许多犯罪事实，例如枪击的确发生于 2 月 5 日，而 2 月 9 日傍晚谭母的那通报警电话是假的。

辩方的策略在于获得陪审团的同情。

谭母有射杀丈夫的动机，因为她长期遭受谭父的暴力虐打。从 2003 年迁居至纽约州到案发的 2015 年这十二年间，谭家打出至少十八通报警电话。另有一个说法是，从 2003 年到 2009 年，警察因报警电话上门查问了二十五次。

根据媒体报道，谭父不仅在家里对妻子暴力相向，在外的风评也奇差无比。在他死后，居然没有任何亲戚朋友对他表示怀念，而他公司里的员工更对他没有一句好话。他们在法庭上说谭父行为像幼稚的小孩，会欺凌别人，并用“可悲”和“恶心”来形容他。

谭父给自己树立了很多敌人，这样的形象确实比较难让人同情。

此案于 2015 年 9 月进入审理，十二位陪审员倾尽全力激烈地辩论着。一个陪审员在日后的采访中告诉媒体记者，有三个陪审员因进退两难、无法做出决定而一度哭得很厉害。

在经过八天共五十个小时的审议过程后，陪审团仍然无法达成共识。四位陪审员认为查尔斯无罪，八位认为他有罪，但只有一致的决定才能形成有效的判决。

其实，这种因陪审团陷入僵局而造成无效审理的状况时而有之。但是，当众人回到法庭，准备安排下一轮审理时，法官詹姆斯·皮埃姆皮埃诺却宣布，此案由于证据不足而退审，不再受理。

在一阵前所未见的法官与检察官的冲突之后，查尔斯被无罪开释。他走出法院，在支持群众的眼泪及拥抱中恢复了自由。

04. 再次被捕

尽管被法院无罪释放，查尔斯却被康奈尔大学退学。他寄出了二十四份入学申请书，并在 2016 年秋天成为芝加哥州立大学的学生。这是二十四所大学里唯一接受他的学校。

此案逐渐消失在公众的视野里，查尔斯也试着重返生活轨道。但在 2017 年，查尔斯再次被捕。

2017 年 9 月，查尔斯在加拿大过完暑假，开车进入美国参加一个朋友的婚礼，并准备回到学校。在跨越加拿大边境进入美国领土时，查尔斯因三项罪名被逮捕、起诉。

第一项罪名是，查尔斯在取得那把用于作案的猎枪时，怀有明显的犯罪意图。从亲自购买失败到请惠特尼帮忙购买，这期间几个小时的行动，查尔斯都是奔着行凶目的而去的。

第二项罪名是，查尔斯在取得这把枪的过程中说了谎。他告诉惠特尼，那把枪是用来打猎的。

第三项罪名是，在整个过程中，查尔斯有意地引导、协助并唆使他人（惠特尼）非法取得枪支。

对这三项罪名，查尔斯供认不讳。这次审判，辩护律师要求判处查尔斯五年监禁，而检方要求判处查尔斯最高刑罚二十五年监禁。最后，查尔斯被判二十年监禁。

为什么同一个案件，嫌疑人初审被判无罪开释，过了两年却又被判重刑呢?

对 2015 年的初审结果，检察官和部分陪审员都非常愤慨，认为正义没有得到伸张。结审后，检方继续搜集证据，最后终于如愿让查尔斯得到法律的制裁。

除了关于取得枪支的三项罪名，检方也查出一些事实，让法官改变了对查尔斯的观感，做出了二十年监禁的判决。

从查尔斯被解锁的手机里得知，他贩售大麻、死藤水、迷幻蘑菇等违禁毒品给康奈尔的学生。根据检方调查，2015 年 1 月，在案发几个星期前，查尔斯从加利福尼亚州进了五磅[1]大麻，买价为每盎司[2]一百五十美元，而卖价是每盎司二百美元。

法官称，这些行为与查尔斯的支持者眼中的阳光形象非常不同，查尔斯有不为人所知的一面。

05. 难以启齿的家庭秘密

2018 年 11 月，查尔斯开始服刑。即便在狱中表现良好，他也必须服刑满十七年才能获得假释。新的辩护律师乔尔·鲁丁决定采取一个新的策略，让法官撤销查尔斯的二十年刑期。

但为了配合这个策略，查尔斯必须卸下自我保护罩，将这个家庭多年来不为人知的秘密公之于世。在一封给法官的手写信以及一份声明里，查尔斯讲述了谭家的家暴历史和这对他造成的影响，解释了案件的来龙去脉，以及他的心路历程，包括后悔与歉意。

声明是这么开始的："自我有记忆以来，我的父亲常常推搡我的母亲，扇她耳光，掐她脖子以及扯她头发。"根据报道，有一次谭父动手打了妻子，导致谭母带着两个幼子躲进庇护所。那年，查尔斯两岁半。此外，查尔斯也记得他六岁的生日是在一个妇女庇护所度过的。

搬到美国后，情况并没有好转，查尔斯在纽约州的最早期记忆是父母的尖声喊叫，而小杰弗里和小查尔斯学会了报警。查尔斯记得，杰弗里让他拿着电

---

[1] 1 磅约为 0.45 千克。

[2] 1 盎司约为 28 克。

话，等杰弗里发出信号，随时准备好拨打报警电话。

后来调查此案的警方发现，从 2003 年到案发的 2015 年这十二年间，留下记录的这十八通报警电话，多数是谭父打的。在这些电话里，谭父抱怨杰弗里不服他的管教而引起分歧，以及与谭母因日常意见不合而发生争吵。有一次，谭父甚至直接去了警局，宣称谭母偷了他的个人文件，还抓伤了他。

虽然这些争端的事由是每个家庭都会面临的琐事，但谭父会通过断掉家里的物资供给，例如切断水电、网络、手机等，来控制谭母和两个儿子。他更经常对着谭母吼叫咒骂，摔东西，砸椅子，以及动手打人。

查尔斯的律师詹姆斯·诺布尔斯说，谭父这种先发制人的方法更像是在保护自己。万一将来事情爆发且闹大，这些信息便成为他为自己辩护的工具。

尽管报警的人是谭父，谭母长期挨打却是事实。受暴的谭母大部分时间都独自面对如此痛苦不堪的婚姻。根据加拿大的相关研究，一个遭受家暴的女人在终于决定报警并采取行动时，她此前已经遭受了平均三十五次的暴力。

杰弗里离家上大学后，查尔斯开始独自面对谭父加剧的暴力，并承担保护母亲的责任。那时，他还是个高中生。

这些经验无疑给查尔斯的心理留下了阴影及伤痕。他在声明里这么形容那个在庇护所度过的生日："我当时是如此安心，因为任何事情都强过家里那些争吵与凌虐。"

尽管查尔斯对此轻描淡写，但那些常年累积却无处宣泄的恐惧、焦虑与愤怒，在 2015 年他犯下的罪行里，扮演了重要的角色。一份于 2019 年提交给法官的精神健康评估报告证实了查尔斯在十九岁那年遭受心理崩溃的袭击，从而犯下了杀父的罪行。

对辩方律师在 2019 年 11 月提交的文件，检察官在 2020 年 4 月认为法官不应采用那些证据。

这件案子尚未结案。从无罪开释到再次逮捕后二十年的监禁，这个一波三折的案子或许会迎来第三次庭审。等在查尔斯前方的会是什么样的命运呢?

06. 家暴家庭心态分析

介绍了案情之后，我想从谭母和哥哥杰弗里的角度来分析这个存在家暴事件的家庭成员的心态。在进入这个问题之前，我先说明另一个相关的问题。

有人问，谭家的家暴历史已经那么久远了，如果查尔斯真是为了阻止谭父对谭母的暴力对待，他为什么选在这个时间点呢?

本文的信息来源部分为媒体报道，关于家暴的核心细节则来自 2018 年一封查尔斯亲手写给法官的信，以及 2019 年一份同是由查尔斯准备并提交给法官的声明。这两份文件里，谭家成员第一次公开讨论这个私密而禁忌的家庭暴力问题。

风暴前的征兆

这起 2015 年杀父案发生的几个月前，谭氏夫妇一向紧张的关系开始恶化，而查尔斯目睹了一场严重的冲突。

2014 年 11 月底，查尔斯回家过感恩节。节日期间，他看见谭父把谭母压在厨房地板上，双手掐住了她的脖子，并威胁要杀了她。惊慌失措的查尔斯马上将谭父拉开，谭母逃离了厨房。谭父满眼通红地大声咒骂：“她疯了，这个狗娘养的！”

感恩节过后，回到学校的查尔斯试着忘记厨房的那一幕，并假装一切都很正常。

事后，查尔斯告诉谭母，他不会回家过圣诞假期，而她应该去科罗拉多找杰弗里。那年，母子三人在科罗拉多度过了部分圣诞假期。

这几个月以来，谭母有时会向查尔斯和杰弗里表达生命受到威胁的恐惧。

她告诉他们，如果她发生什么事，就是谭父干的。

谭母的恐惧并非没有根据。谭父多次口头告诉查尔斯，他（谭父）要杀了她（谭母）。在2014年12月24日的一封邮件里，谭父甚至还将这个威胁或意图写了下来："有时候，我真的很想杀了她！"

查尔斯曾经与律师讨论过这封邮件，但还没得出什么结论，情况便急转直下。

2015年1月28日，谭母打电话告诉查尔斯，当天稍早谭父掐住她的脖子导致她失去意识，并在她的脖子上留下许多红色的印子。谭母还说，被掐住的时候，她真的以为她就要死了。她相信，下一次谭父真的会杀了她。

事发当时，谭母打了报警电话。部分对话如下：

接线员："你有没有受伤？"

谭母："有……我……他掐我脖子。嗯……我很害怕。"

接线员："你需要救护车吗？"

谭母："啊，他过来了。不要……请你们过来，请过来帮我！"

两个人发生激烈冲突，谭母报警求救。正当谭母与接线员通话时，谭父走了过来。接着，电话被挂断了。接线员立刻回拨，谭父接起电话，用流利的英语以冷静的语气向接线员道歉，说这是场误会，试图打发接线员。但谭母却在背后发出尖叫，试图引起接线员的注意。

部分对话如下：

谭父："喂。好的……抱歉，是的，这……嗯……只是个误会。抱歉……"

谭母："不！不！"

在电话里，谭母告诉查尔斯事发经过。与谭母通完电话后，查尔斯马上拨电话给谭父。谭父否认掐了谭母，还说她疯了。这次，查尔斯相当坚持地告诉谭父："你不能一直这么做。"谭父竟答道："这不关你的事。如果她继续惹怒我，我会杀了她。"

查尔斯警觉了。挂上电话后，他开始相信谭父很有可能会杀了谭母，无论是故意的，还是因掐她太紧而失手造成意外。在声明里，查尔斯写下："我决定我必须竭尽所有方式来保护我的母亲，也就是在此时，我有了杀害父亲的想法。"

隔天，杰弗里发来一条关于谭父虐打谭母的短信，并告诉查尔斯，他即将面临一个选择，而"这个选择将是（查尔斯）生命中最重要的决定之一"。查尔斯将这句话解读为，自己必须出面干涉并保护谭母，否则，没有人会保护她。

接下来这几天，尽管查尔斯表面上仍然上课、练球，看起来与平日无异，但他再也无法专心于课业。他试着甩掉杀父这个违反道德和法律而且自毁前程的想法，但是，除此之外还有什么其他的解决方法呢？

他的内心里进行着一场激烈的自我挣扎。

为了掌握家里及母亲的状况，查尔斯在 2 月 1 日与谭母打了五分钟电话，2 月 4 日晚上又通话了七分钟。2 月 4 日晚上与谭母通过话后，查尔斯原本犹豫不决的态度改变了。这通电话改变了查尔斯的一生。

第二天发生的事，就如同前文所述。

声明里，查尔斯没有提到那两次与谭母的通话内容以及谭母和杰弗里是否在案发前就知道他在 2 月 4 日这晚做的决定。

旁观者杰弗里

从小到大，哥哥杰弗里与查尔斯肩并肩，共同面对家里这个不平静的战场。可自从杰弗里离家去上大学，保护母亲的责任便落在查尔斯一个人身上。家里的状况越来越糟，而查尔斯也只能独自面对。

搬到科罗拉多州的杰弗里，离家确实比在一百英里外的查尔斯远，但并非遥不可及。

或许杰弗里受够了，决心再也不要跟这个家有任何牵连。2014 年的感恩节，他没有回家过节，很可能他离家后再也没有回家与家人过过节日。

如果杰弗里真的彻底成为局外人，那或许还好一点。但是他偶尔还出现一下，通知查尔斯家里的状况，或是做一些似乎于事无补的评论。

父母掐脖事件后的第二天，杰弗里发了一条含有告知意味的短信给查尔斯，还说了一句“这个选择将是（查尔斯）生命中最重要的决定之一”。即便查尔斯并不认为这是杀害父亲的提议，但在当时那种危急的情况下，这句掐头去尾、不清不楚的话很可能只会令查尔斯更焦虑不安。

这个“生命中最重要的决定之一”，指的到底是什么呢?

我认为，杰弗里的话或许是从他自身的经验出发，而所谓重要决定指的是：要不就彻底插足父母的婚姻关系，好好地解决这个问题，例如协助他们离婚；要不就像杰弗里一样转身离开，再也不管他们的事，即便父母打得你死我活，就像眼前的局势。

毕竟，他们的父母都是成年人了，应该替自己的人生做决定。

对查尔斯而言，在这场父母的持久战争中，杰弗里从战友变成了旁观者。杰弗里尽管没有完全消失，但似乎也没有提供实际协助。

那条短信更可能产生了反效果：把保护母亲的责任全部推到查尔斯身上，使解决这件事变得似乎更急迫，也让查尔斯承受了更大的压力。

有人猜测，或许两个人有竞争关系，杰弗里活在优秀弟弟的阴影下，抑或两兄弟与父母关系迥然不同，导致兄弟嫌隙?然而没有足够的信息支撑这样的假设。

但是，杰弗里在这场家庭战争中扮演的旁观者角色，可能间接地将查尔斯推向了那条不归路。

需要保护的母亲

从小，爸爸打妈妈就是个秘密。谭父严禁他们告诉别人这些事，甚至杰弗里也不准查尔斯向朋友透露杰弗里与父亲不和。于是，查尔斯学会了对外保持沉默。朋友们对查尔斯笑容背后的心事一无所知，而发生的这些事，他连一个可以倾诉的人都没有。

尽管查尔斯不是直接受暴者，但看着母亲长年遭受暴力，他也笼罩在极大的不安全感下，这对他的心理影响仍然是巨大的。后来为查尔斯做心理评估的专家也证实了这一点。

当查尔斯试着自己面对并且消化这些困难时，谭母却不停地告诉他谭父对她加剧的暴力虐打以及对她的生命造成的极大威胁。这让查尔斯觉得他必须保护母亲。

到底是父母该保护孩子，还是孩子该保护父母？

谭母个头瘦小，给人一种软弱无能的印象。连检察官桑德拉·多尔利都说谭母没有能力操作、使用那把猎枪，不可能是行凶者。陪审员之一也曾评论，谭母看起来像无法为自己做任何事。

她是被动的。1 月 28 日那天，谭父掐住她的脖子，导致她失去了意识。但是，当警察接到报警电话前来查看时，她仍然不希望谭父被逮捕，只是计划申请保护令。

无论是觉得事情无法解决，还是基于其他理由，她只是在拖延，想着渡过眼前的难关，而不愿意直视并且解决问题。

她也是认命的。掐脖事件让她更相信丈夫置她于死地的意图，然而面对这样的死亡威胁，她却似乎逆来顺受。事后，查尔斯形容母亲用一种“听起来已经准备好向命运低头”的态度向他诉说整个事件的经过。

如天下无数的母亲，谭母无疑也以孩子的福祉为最高行动原则。查尔斯曾说，谭母牺牲了她自己二十年的生命，为的是让查尔斯这一生时时刻刻能有最好的机会。

或许，谭母忍受丈夫这些年来的暴力而不愿离婚，是因为这段婚姻带来的经济条件能给两个儿子最好的教育，让他们在竞争压力更大的异乡能有与当地人公平竞争的机会。如果离婚了，凭她一己之力抚养孩子，恐怕牺牲的是孩子的未来。

这些都可以理解。在异乡，她没有可以倾诉痛苦婚姻的对象，只能告诉她最亲近也最引以为傲的小儿子，这也是人之常情。

但是，这份依赖，是不是让查尔斯觉得他没有其他的选择呢？查尔斯在声明里说了，在最后那几天，他确实觉得他别无选择。

查尔斯是个负责任、处处替别人着想的人。无论如何，他不能辜负母亲对他的期待。

最后那几天，查尔斯满脑子想的都是妈妈的安全，以及他必须保护她。因为妈妈只剩下他了。

爸爸说：她再惹恼我，我就杀了她。

哥哥说：这个选择将是你生命中最重要的决定之一。

妈妈说：下一次，我一定会死在他手里。

终于，查尔斯长久以来压抑的情绪爆发了。他做出枪杀父亲的决定。

07. 婚姻的困境

很多人不解，谭母怎么不离婚呢？孩子小的时候，为了经济因素而忍耐，这可以理解。但现在两个孩子都大了，还不离吗？

关于这个问题的报道很少，但查尔斯的律师布赖恩·德卡欧里斯和詹姆斯·诺布尔斯曾各自做过一些小评论，引起了我的关注。

在一次家暴探访记录中，谭父曾称谭母为他的“女朋友”，还说他们在中国的婚礼只是个仪式，而这个仪式在美国、加拿大甚至中国都不被承认，所以没有法律效力。

对此，詹姆斯并不认同。他认为，所有证据都支持这对夫妻的婚姻受到法律的约束与保护。

布赖恩称，谭母见过几个离婚律师。根据这个说法，谭母似乎已经有离婚的想法，但没有积极执行，或是在执行的过程中受到阻挠。

我们可以合理猜测，谭母是希望离婚的，而杰弗里和查尔斯估计也非常赞成，这样大家都能好好过日子。唯一可能不同意的人也只有谭父了。

可他为什么会不同意呢？估计没有人会觉得因为他爱她吧，除非有人相信“打是亲，骂是爱”。

更重要的是，为什么谭父会试图否认这段婚姻的法律效力呢？

在美国，离婚对男人来说是一个非常昂贵的决定。有很多男人，离婚了十几二十年，还是每个月付着赡养费，万一失业了甚至有可能破产。

谭父相当在乎钱，他经常以金钱、物质来控制谭母和儿子，例如停止交家里的水电燃气费、网络电视费以及手机话费等。

夫妻俩更是经常为了钱，特别是给杰弗里的钱而吵架。查尔斯在声明里提到，2014 年暑假，他回到家乡在谭父的公司打工挣学费，住在家里，听到父母几乎每天彼此对吼，为的就是杰弗里的经济供给。

杰弗里年长查尔斯两岁半，这时应该还在上大学。尽管在美国，大学生打工挣学费和生活费很常见，但这确实不是一件容易的事，特别是如果需要完全自食其力。

谭父和杰弗里的关系常年处于紧张状态。2007 年、2008 年谭父都曾打电话报警，抱怨杰弗里打他，以及在他的食物里放了不该放的东西。在这种情况下，谭父很可能断绝杰弗里的经济供给，但谭母心疼儿子，时时想方设法地向谭父争取、抗议，甚至惹来暴力，遭受生命威胁。

2014 年暑假的冲突，同年 11 月的感恩节的冲突，以及 2015 年 1 月 28 日的冲突，也就是案发前最后一次严重冲突，全都是为了钱。尽管谭母只透露了他们争吵的原因是“给其中一个儿子的钱”，但这指的应该就是杰弗里。杰弗里不听话，谭父自然不愿意在经济上支持他。

这么在乎钱的谭父，一旦答应离婚，财产就会消失一大半，他肯定不愿意。所以他主张这段婚姻无效，即便他与谭母分开，也没有赡养费可言。这样就保全了他的财产。

这就可以解释为什么谭母不离婚，以及很多相关的困境。例如：谭母提出离婚，谭父爽快答应，声称这段婚姻原本就没有法律效力，请自便。

由于自己经济不独立，为了不让生活陷入困境，为了孩子的未来，谭母隐忍多年。

谭母当然有许多证据可以证明这段婚姻是有效的，但事业成功的谭父，比起没有工作的谭母，更知道如何运用、操纵社会体制来达到他的目的。

也有人提出另一种可能性：谭母迟迟不离婚，难道是想杀了丈夫，占据所有的财产？特别是在忍受家暴那么多年之后。

央视曾经报道，在陕西省女子监狱里上百名女杀人犯中，多数是杀夫，而且是在反抗丈夫的家暴时犯下罪行的。

查尔斯很可能是家里跟谭母关系最亲近的人，但查尔斯跟谭母在案发前的两次对话都没有公布，他们的心思我们不得而知。

不过，从检察官最新发现的关于查尔斯贩毒的证据来看，谭父估计也控制着他的经济来源，否则，查尔斯用不着冒着风险去贩毒。

但是挣学费和生活费也用不着贩毒。所以，另一个可能是，查尔斯想要很多钱，而贩毒是一个挣钱很快的途径。

08. 你会怎么做?

查尔斯这样的青年，在亲手取走父亲性命的同时，心里必然有某些东西也跟着死去了。可直到被命运击溃，他还在替家人着想。

2015年2月9日，当逃亡的计划一切就绪，查尔斯却决定面对自己造成的后果。

拿到签证时，查尔斯已决定返回美国家中。他在声明里说："因为如果我前往中国，我的哥哥和母亲很可能会为我背黑锅。我的母亲将会一无所有，生活无以为继，而我的哥哥将孤独一人置身于美国。"

谭父死后，谭母得到公司一半的所有权，市值约两百四十万美元，以及十五万美元现金；杰弗里成为公司的新总裁及首席执行官，得到公司四分之一的所有权，市值约一百二十万美元；查尔斯也得到公司四分之一的所有权，以及二十三万美元现金。

但如果查尔斯的判决不能得到改写，再多的金钱也买不回他的自由以及宝贵的青春。

那个判了查尔斯二十年监禁的法官说，查尔斯有资源、有头脑也有能力用其他的方式解决这个问题，但他却选择了一条最具毁灭性的道路。

案发时，查尔斯只有十九岁，处于成年与未成年之间的尴尬年纪（根据地域及不同法规，美国法定成年年龄为十八至二十一岁，加拿大为十八至十九岁）。他当时是否处于能够做出正确判断的状况呢？假设你是查尔斯，在当时的处境中，你又会怎么做？

（作者：知更鸟）

10

“撒旦之子”
——“黑夜跟踪狂”理查德·拉米雷斯

他还经常逼迫受害者赞美撒旦、对撒旦宣誓，
并在尸体上或犯罪现场画下撒旦的符号。
他最显著的特性是以虐杀他人为乐。
仅仅是性侵、谋杀并不够，他还威胁恐吓、折磨凌虐受害者。

上篇

1985 年夏天，洛杉矶迎来百年来最热的夏天。

理查德 · 拉米雷斯，一个被美国媒体称为史上最阴险恶毒且令人发指的罪犯，在这个炙夏犯下一连串极度恶劣的案件，让半个加利福尼亚州的民众在恐惧中度过了几个月。

媒体给了拉米雷斯好几个绰号。随着他犯案的数量增加、手法越发残暴恐怖，这些称号也跟着升级，从“山谷闯入者”“纱门入侵者”“不速杀手”等，最终停留在众所周知的“黑夜跟踪狂”。

媒体报道在许多细节上各有出入，包括日期、受害者的年龄、职业以及作案手法等等。我特别做了交叉验证，力求信息准确，但大家或许会从其他地方得到不一样的信息，特此注明。

01. 犯案过程

1984 年 6 月 28 日，洛杉矶近郊发生一起性侵、谋杀以及入室盗窃案。

七十九岁的珍妮 · 文科的尸体在家中床上被发现。凶手趁她熟睡时粗暴地强奸了她，接着以刀割开她的喉咙，伤口之深导致她的头与躯干几乎完全分开。同时警方发现，珍妮家中的财物也被席卷一空。

此案当时并没有侦破，凶手在犯下这起案件后，沉寂了大半年。不过，他重新出现并再次犯案时，带来的是一连串令人无法想象的、肆无忌惮的恶魔般的狂欢。

1985 年 3 月 17 日晚上，二十岁的玛丽亚·埃尔南德斯驾着车在高速公路上朝着家的方向驶去。在离家几条街时，她发现自己被跟踪了，便加快车速，心想回到家就安全了。

车子尚未完全驶入车库，玛丽亚就赶紧用遥控器将车库的铁卷门关上。想不到，门尚未关闭，凶手已经蹿入。

当玛丽亚惊慌失措、手忙脚乱地在皮包里找着钥匙时，这个男人举起了枪。玛丽亚举起双手，喊着：“请不要！”子弹已被射出。她应声倒下。

其实，玛丽亚在装死。那颗子弹撞击到玛丽亚手里握着的钥匙，并被反弹到别处去了。尽管吓得双腿发软，但她毫发无伤。

接着，男人进入玛丽亚的家中。厨房里，玛丽亚的室友，三十五岁的黛勒·冈崎蹲在橱柜后瑟瑟发抖。她刚从超市购物回来，在厨房整理时听到门外的动静。

男人安静地守株待兔，知道她的好奇心将战胜恐惧。过了一会儿，黛勒果然从橱柜后慢慢站了起来。警方到达现场时，她仰躺在厨房的地板上，额头被一颗子弹击中，上半身浸在一大摊血里。

根据报道，凶手离开现场时发现玛丽亚并没有死，但凶手离开了，留下日后在法庭上指认拉米雷斯的第一个目击证人。

有人问我，凶手如果知道玛丽亚还活着，为什么不杀她呢？他怎么知道玛丽亚还活着呢？玛丽亚怎么不逃呢？

一个可能性是，玛丽亚担心逃不掉，因为车库与厨房仅有数步之遥。或是她真的吓得腿软了，跑不动，便决定装死到底。凶手在厨房里的那段短暂时间里，她一直维持着原来倒地的姿势。而凶手离去时，玛丽亚产生幻觉，觉得凶手看到了她还活着。

另一个可能性是，像在这之后的多起案子一样，这个凶手经常只杀男人，留女人活口。所以，凶手确实知道玛丽亚还活着，但并不想杀她，于是玛丽亚逃过了一劫。

抑或是，这是凶手继 1984 年那起命案后，开始密集作案的首起案件，他还在摸索阶段，发生的一切都是随机的，没有特定理由。

黛勒丧命后不久，拉米雷斯已经再次在高速公路上漫无目的地驾着车，物色下一个受害者。某天深夜 11 点多，三十岁的于采莲（音译）从学校离开，行驶在回家的路上，同样发现自己被跟踪了。她并没有闪躲或逃开，反而掉头停车，透过车窗质问这个穿着一身黑的瘦高男子。

“你为什么跟踪我？”

“我没有跟踪你。我以为你是我认识的某个人。”

“不是吧，我知道你在跟踪我。”

话没说完，这个男人就以闪电般的速度打开车门，坐进于采莲的副驾驶座。几乎同一时间，于采莲打开车门，迅速逃离。由于她逃离时背对着车子，他朝左从背后射杀了她，一共开了两枪。在倒地身亡前，她最后说的话是：“救命！救救我！”

不久后，一对夫妻在洛杉矶近郊的家中被谋杀，但这次的犯罪手法与先前不同。

3 月 27 日，六十四岁的丈夫文森特·扎扎拉在睡梦中被射杀，四十四岁的妻子玛克辛·扎扎拉被捆绑后强奸。

玛克辛趁着凶手在屋里搜刮财物时，悄悄给自己松绑，并取出家里的猎枪，想不到被凶手发现了。玛克辛对着凶手扣下扳机……但是，枪里没有子弹。

凶手怒不可遏，朝玛克辛开了三枪后，从厨房里取出一把刀，开始疯狂地毁坏尸体。他挖出玛克辛的眼睛，装进一只在现场找到的珠宝盒里带走。

5月14日，同样在洛杉矶郊区的一间民宅里，六十六岁的丈夫威廉·多伊在睡梦中被惊醒，伸手试图去取武器时被枪杀，死于床上。

六十三岁的妻子莉莲·多伊由于行动不便睡在主卧室隔壁的房间里。双手被铐在背后的她，被殴打，凌虐，性侵。她最后存活了下来。

5月29日，凶手在深夜里进入一对姐妹家中。八十三岁的梅布尔·贝尔和八十岁的弗洛伦斯·兰在睡梦中遭铁锤重击后被性侵，其中一人还被电线电击。当案发两天后，老太太们被人发现时，梅布尔已不幸身亡。凶手在犯罪现场好几个地方留下撒旦的五角符号，让调查人员也受到惊吓。

5月30日，在另一民宅里，凶手把八岁的儿子铐住，关在衣橱里，接着强奸了四十一岁的母亲卡罗尔·凯尔，并在偷窃了家里的财物后离开。卡罗尔活了下来。据部分媒体报道，小男孩也惨遭毒手，被性侵。

6月27日，一个三十二岁女性老师的尸体在家里被发现。她被强奸、凌虐后割喉。

7月2日，七十五岁的妇女玛丽·路易丝·坎农被发现死于家中。凶手用厚重的台灯座殴打熟睡中的玛丽，接着从厨房里取了一把刀，刺杀她并划开她的喉咙，接着将她家里的财物洗劫一空。

7月5日，十六岁的高中女孩惠特尼·本内特的父母在半夜被她的哭声吵醒。他们冲进她的卧室查看时，发现她躺在地上，浸在一大摊血里。

凶手以用来拆轮胎的铁棍殴打熟睡中的惠特尼后，在厨房里找不着刀，便扯了一条电话线，试图勒毙她。在勒她的时候，电话线里迸出火光，凶手认为那是耶稣基督介入来解救女孩的征兆，便逃走了。惠特尼活了下来，可头上伤口的严重程度令人难以想象，缝合伤口的线长达四英尺[1]，她还进行了美容手术。

[1] 英美制长度单位，1英尺约等于0.3048米。

当时住在洛杉矶近郊的民众，家里的门窗普遍都不上锁，而凶手便是从门窗闯入的。由于那时空调并非家家户户都有，加上 1985 年夏天的气温破了百年的高温纪录，睡觉不关窗也是可以理解的。

经过媒体报道、呼吁后，民众提高了警觉性，纷纷采取各种安全措施。害怕的不只有普通公民，还有保护公民的执法人员。

7 月 7 日，又是一个闷热难耐的夜晚。

警员琳达・马丁内斯在后来接受采访时称，当时每个人都吓得不行，睡前把门窗都锁上了。但那天晚上实在太热了，她自己都忍不住开了窗。

负责侦查此案的警探之一吉尔・卡里略日后回忆，那天晚上他独自在家，还生平第一次睡觉时在床头柜上摆了一把枪。他半夜醒来，发现自己一身汗，还觉得恶心想吐。他有些幻觉，几乎确信“黑夜跟踪狂”此刻就在他的家中。他悄悄地下了床，拿着枪，在家里每个角落搜寻，要把这个不速之客揪出来。

就在这时电话响了，将他吓个半死。是办公室打来的，让他打电话给警员琳达。原来这次，不幸发生在琳达的邻居身上。

琳达回忆道：“凌晨 3 点，我的朋友告诉我，有人在喊你的名字，有人在叫你。”原来是琳达的邻居在呼喊求救。琳达走到屋子后面，穿过街道，进入那个邻居家中查看。

琳达称，她听到索菲声音的那一刻，马上知道是“黑夜跟踪狂”来了。

凶手将六十三岁的索菲・迪克曼双手铐在床上后，强奸了她，盗走了她的珠宝。

这一晚，受害的不仅索菲，还有六十一岁的妇女乔伊丝・露西尔・纳尔逊，凶手没有使用任何武器，拳打脚踢地使这个女人丧了命（另一说是用重物殴打致死），接着又盗窃了财物。

7 月 20 日，一天里又出现了两起命案。

第一起案件中，凶手带着一把事先准备好的弯刀潜入内丁夫妇家中，先是以弯刀攻击六十八岁的丈夫马克斯·内丁和六十六岁的妻子莱拉·内丁，接着以一把 0.22 口径的左轮手枪射杀了他们。

第二起案件中，凶手潜入可瓦南一家四口家中，以一把 0.25 口径的手枪射杀了三十二岁的丈夫猜那隆·可瓦南，接着对二十九岁的妻子重复地殴打、性侵、羞辱，并要求她向撒旦祈祷以得到救赎。

凶手甚至连他们八岁的儿子也不放过。他性侵小男孩，并盗走了屋里三万美元现金以及其他物品，然后扬长而去。幸而两岁的女儿未受伤害。

8 月 6 日，凶手潜入又一民宅，用一把 0.25 口径手枪射击了三十八岁的未婚夫与二十七岁的未婚妻。未婚夫在受伤后勇敢地反击，将罪犯击退。两个人存活了下来，后来也结了婚。

8 月 8 日，凶手潜入艾伯瓦思一家四口的屋子。案发二十八年后的 2013 年，妻子萨金娜·艾伯瓦思在接受媒体采访时，描述了当天晚上事发的经过。

他们全家都熟睡着。突然间，她听到了“砰！砰！”的声响，紧接着，她的脸上被重重地打了一拳，力道之大使她从床上掉到地上。

那时，萨金娜还不明白到底发生了什么。凶手扯着她的头发，说道：“如果你敢叫一声，你的儿子就完了。”萨金娜定神一看，一个陌生男人持着一把短刀架在她儿子的脖子上。

三十五岁的丈夫伊莱亚斯·艾伯瓦思当场死亡。萨金娜在睡梦中听到的“砰！砰！”声，便是杀害她丈夫的枪击声。接着，二十八岁的萨金娜遭到强奸，所幸三岁和八周大的儿子并没有被伤害。

事后，萨金娜对儿子们谎称爸爸死于癌症，一直到他们十五岁了才告诉他们实情。她说，这二十八年来，她没有一天不受苦。萨金娜没有再结婚。

1985 年 8 月 17 日，警方在新闻上发布大量“黑夜跟踪狂”的作案消息，让民众在夜晚保持家中灯火通明，并一定要锁上门窗。

或许是对警方发布的消息产生警觉，隔天 8 月 18 日凶手向北移动，在旧金山杀害一对夫妻，六十六岁的彼得·帕恩和六十三岁的芭芭拉·帕恩。彼得被一把 0.25 口径的手枪近距离射击太阳穴而身亡，芭芭拉遭受殴打后被强奸，接着头部也被手枪射击。凶手用受害者家里的口红在犯罪现场的墙上画了一个撒旦的符号。

接着凶手又回到洛杉矶。8 月 24 日半夜，凶手在入侵罗梅罗家前，被十三岁的詹姆斯·罗梅罗发现后离开。后面我还会再提到这个信息。

离开罗梅罗家后，凶手来到了 2.4 公里外的一处民宅。三十岁的男子比尔·卡恩斯被惊醒，发现屋里有人入侵。比尔还来不及反应，就被凶手以 0.25 口径的手枪射击。

凶手接着转向吓坏了的二十九岁未婚妻伊内兹·埃里克森，殴打、捆绑她，还自称是“黑夜跟踪狂”，逼她宣誓她对撒旦的爱。伊内兹最终也遭到强奸。

头部遭到三次射击的比尔虽然奇迹般地活了下来，但他半身瘫痪，无法工作。当年担任工程师，人生正要开始的他，多年来一直依靠社会救助生活。

02. 侦查

1985 年 3 月到 8 月底，拉米雷斯在当年人口约八百二十万的洛杉矶县，密集且毫无顾忌地作案。

3 月 17 日那晚，当警探吉尔接到命案电话赶往现场时，他以为这只是一起寻常的周日夜晚的凶杀案。但命案一起接着一起发生，洛杉矶警方开始一头雾水，找不到头绪。

尽管看不清凶手的套路，可警方总得做点什么。除了悬赏一万美元寻求民众协助，有一段时间，警方毫无目标地在路口拦截、搜查任何“看起来很可疑”

的人。他们甚至鼓励民众，只要在晚上听到狗吠就打 911 报案。这个全美通用的紧急号码启用于 1968 年。

有人问道，3 月的第一起案件，以及接下来的多起案件中，有好几个存活下来的证人都见过凶手了，难道那些证人都没能提供有效线索吗？而警方一直没发通缉令吗？

其实，警方在侦查追捕"黑夜跟踪狂"的过程中遇到很多挑战。

第一，复杂的案件线索导致了专家们和办案人员的意见分歧。

经警探吉尔介绍，当时美国几个著名的犯罪心理学家都说，这几个案件不是同一个人干的，而美国联邦调查局也这么认为。

根据联邦调查局以往的经验，连环杀手倾向于使用相同的武器、类似的作案手法，一再地重复。但在这些案件里，凶手使用了不同的武器，以及不同的作案手法。

警探吉尔说，这些案件唯一的一致性就是它们的不一致。

这个凶手使用的武器包括不同的枪、弯刀、厨房的刀、电话线、台灯底座以及拆轮胎的铁棍等重物。有时则不用武器，赤手空拳殴打受害者。

凶手作案的手法也不一致：枪支射击、勒杀、割喉、入室窃盗、以重物重击敲打，以及强奸男性和女性受害者等不同形态的性暴力。

尽管如此，可警探吉尔直觉认为，这些案件都是同一个凶手犯下的，而这个凶手就是"黑夜跟踪狂"。

吉尔以及另一位负责侦办此案的警探弗兰克·萨莱诺认为，"黑夜跟踪狂"与以往的一般连环杀手不一样。一般的连环杀手在选择攻击对象时，倾向于那些高危人群，例如性工作者、搭便车的旅行者等。但"黑夜跟踪狂"的思维完全不同，他的受害者都是一般民众，过着他们自己的日常生活。

这些复杂的信息增加了侦查的困难度。譬如，调查人员难以分辨哪些是犯案动机，哪些是巧合。

举个例子。1984 年 6 月 28 日的案件有一个女性被害人死亡，死前被性侵，并遭受财物损失。

1985 年 3 月 17 日的两起案件有三个女性被害人，两个不幸死亡，一个几乎毫发无伤，没有被性侵，也没有遭受财物损失。

而 7 月 20 日的两起案件情况则是这样：第一起案件中凶手以弯刀攻击并射杀了一对夫妻，夫妻俩死亡，但没有财物损失的报道；第二起案件中一个男性被害人被射杀，一个女性被害人被凌虐、暴打、性侵，小男孩被强奸，小女孩未受伤害，财物被搜刮。

调查人员是怎么看待这四起案件以及其他案件的呢？

吉姆·克莱门特从联邦调查局退休之前，在行为分析小组中担任犯罪侧写分析员。他曾说："当我们看见并理解一起案件是'如何'被犯下的，这些信息接着会帮助我们理解'为什么'这起案件会被犯下，而这些'为什么'最终将我们导引到'谁'犯下这起案件。"

换句话说，作案手法导向动机，再导向凶手。

但这个流程似乎不适用于"黑夜跟踪狂"一案的（特别是早期）侦办。以上四起案件不一致的作案手法使警方难以找到它们之间的共性，因而无法确认作案动机，要找出凶手就更难了。就像上面提到的，专家们甚至无法在凶手的数目以及凶手是否为同一个人这些事上取得共识。

办案过程中这些内部意见的分歧，让警方在一段时间之后才将数起案件联系起来，并朝连环杀手的方向进行调查。

警方遇到的第二个挑战是，调查人员的做法分歧，影响办案。

前面提到洛杉矶警方在 8 月 17 日大量公布凶手的信息。警方这么做的主要目的是让民众提高警觉、严加防范，却没承想此举惊动了凶手，隔天北边的旧金山便发生一起案件。

这起案件一发生，洛杉矶负责侦办此案的两个警探都慌了阵脚，因为移动中的凶手肯定更难抓捕。在此之前，案件发生地点都相对集中在洛杉矶县，范围约为直径八十公里，而凶手落网后也供认，他一直关注着警方的动态。

接着，旧金山警方几乎是同步地向媒体公布了这起案件。这个举动引起洛杉矶调查团队的不满，因为他们怕再次打草惊蛇。幸好后来凶手回到了洛杉矶。

当然，在调查单位内部历经这些意见的分歧与整合时，随着案件的累积，警方也逐渐找出一些“黑夜跟踪狂”的作案模式。

他在高速公路附近的各个社区随机作案；喜好挑选外墙黄色或灯光昏暗的房子；从未上锁的门窗进入，或开锁破门而入；总是在深夜出没。

他选择的作案对象包括小孩、单身女性、年纪大的夫妇，而且年龄跨度大，从九岁到八十三岁都有。

他通常先杀死男性受害者，以显示自己能够完全掌控整个情势。

他会对受害者进行精神折磨，例如各种辱骂：“钱在哪里？珠宝在哪里？闭嘴，母狗！”

他还经常逼迫受害者赞美撒旦、对撒旦宣誓，并在尸体上或犯罪现场画下撒旦的符号。

他最显著的特性是以虐杀他人为乐。仅仅是性侵、谋杀并不够，他还威胁恐吓、折磨凌虐受害者。

那么，这个恐怖的连环杀手，最后到底是如何落网的？

中篇

拉米雷斯在 1984 年到 1985 年犯下一连串案件，夺走了十几条性命。他不但带给许多家庭痛苦，影响的范围更扩大至全社会。

01. 社会影响

首先，“黑夜跟踪狂”随机挑选作案对象，使得恐慌焦虑的情绪笼罩整个洛杉矶。夜半破门而入的凶手让家家户户都有成为下一个受害者的风险，民众在家里也不再觉得安全。

他自称是撒旦的儿子，将人类的恐惧具象化，成为恶的象征。执法部门也拿他没办法，还怎么保障民众的生命财产安全呢?

没有人知道凶手是谁，他接下来会去哪里，谁会成为下一个目标，这种未知更加深了民众的恐惧。

案件的增加引来媒体更多的关注，恐怖的氛围也更加被渲染。新闻报道不停地警告民众要关窗，锁门，把家里的灯打开。每隔几天，电视新闻便报道新增案件、死亡人数，没有人知道自己能不能活着看见第二天的太阳。

洛杉矶当地报纸《每日新闻》的前编辑桑迪·吉本斯说出了很多人的心声。她在接受采访时说：“在洛杉矶县和南加利福尼亚州，每个人都吓得不行。”

大家开始在家里养大型犬用于防卫，而枪支销量的陡然上升一如气温的持续飙升。民众在家里加了门锁，在窗户外装了铁栅栏。晚上睡觉时，枪支等武器更是随身携带，甚至放在枕头下。

在这个百年来最热的夏天，大家开始在睡前关门闭户。桑迪称：“每个晚上我们在家里都闷坏了，但也不敢开门开窗，因为我怕有人闯入杀了我。”

这个充满恐惧的夏天后来是怎么结束的?

02. 小兵立大功

8 月 24 日这天晚上，罗梅罗一家人刚从南边的墨西哥回到家。他们在罗萨里托海滩露营了好几天。

已经半夜了，爸妈和妹妹都睡了，但儿子詹姆斯的精神仍然很好。

回家约两小时的车程，他睡了一路，而且洛杉矶这几天有热浪，晚上热得让他睡不着。

这就是上篇提到的吓跑了入侵者的詹姆斯·罗梅罗。这时他还是个十三岁的孩子，学校正放暑假。

詹姆斯的家位于山脚下，房子边上并没有围墙，而是一条直通后院和车库的车道，常常有猫狗、土狼、北美负鼠等各种动物来来去去。所以，夜半仍然醒着的詹姆斯听到屋外的脚步声时，并不以为意。

他起身开门，转身向后朝着车库走去，决定到车库去拿他落在车里的枕头，顺便修整他的脚踏车。他抬头朝着山望去，并没有看到任何动物或人的影子。

詹姆斯在车库里蹲着身子查看他的脚踏车时，在一片寂静中听到脚步声慢慢靠近并停在车库外。他可以感觉到有一双眼睛正透过车库门上方的那片毛玻璃向里头张望，似乎在寻找他。

詹姆斯慌了。他屏住气，躲在爸爸的旅行车后面。

这是个敌暗我明的状况：车库的灯亮着，所以那个人可以看清车库里的动静，而詹姆斯却看不见他。思忖了几秒后，詹姆斯冲出去，打开车库通往厨房的门，回到屋子里。接着，他冲到他的房间里，躲在窗户边上朝外望。在月光下，他清楚地看到一个人就在他房间外走着。

过去家里也曾遭过几次小偷，被偷走了车库里的冰盒、槽刨等物品。他的爸妈报了警，警察来问了几个问题，就完事了。失窃的物品从来没有找回来过。詹姆斯以为这又是个小偷，就决定再去车库里看看，或许可以当场抓住他。

但这些骚动已经把詹姆斯的爸爸吵醒了。爸爸从卧室里走出来，有点不高兴地说："你三更半夜的那么吵，干吗呢？"詹姆斯告诉爸爸："有个小偷在门外。"说完便继续往厨房方向冲去。爸爸吼着让他回屋，他并不理会。

在车库里，他打开通向屋子前方的那扇门，看到一个瘦高的陌生男子。这个男子有点驼背弯腰，穿着几乎一身黑，慢悠悠地走向停在路边的一辆车顶有金属行李架的橘色丰田旅行车。

车子是面朝山下的，但男人在启动引擎后并没有直接朝前往山下开，反而掉头绕了一圈。詹姆斯就站在路边，车子从他身边开过。开过时，驾车的人转过头来盯着詹姆斯，接着加速左拐，进入主路离开。

詹姆斯事后回忆称："那个人就死死地盯着我看，而我看到了一部分车牌号码。我跑回屋里喊着：'爸！爸！我看到了他的车牌号码！'"

詹姆斯到厨房里，拿了纸笔记下车牌号码"482T"。这会儿妈妈也被惊动了。她从卧室走出来，睡眼惺忪。詹姆斯的爸爸对妻子说："詹姆斯看见了一个小偷。"妈妈说了句"就打 911 吧"，接着打了个哈欠，转身走回卧室。

或许是因为刚从墨西哥露营回来，他们心情挺放松的，便没有多想。而且这件事发生在半夜，刚从睡梦中醒来的大家意识模模糊糊的，便下意识地遵循着过去的经验，以为这次也像过去几次一样，就是一个普通小偷。

他们报案后，警方的巡逻车很快停在詹姆斯家前面。这时每个人，包括巡逻车的警员，都认为这不过是起一般盗窃案。

詹姆斯在接受采访时回忆道："警方接到报案电话后上门来问了几个问题，也立了案。我交给他们那张写了车牌号码的纸片，他们说：'好的，多谢啦！晚安。'"

事件终于结束，全家以为总算可以好好地睡了。其实这才开始呢。

凌晨 3 点 30 分，电话响了，打来的警员坚持要詹姆斯来听电话。在电话里，詹姆斯把事情经过又说了一遍。

过了两个多小时，6 点一到，一大批警车已经停在他家门口。詹姆斯带着一堆人，把事情经过实地重演了一遍。

勇敢的詹姆斯提供给警方许多有力的证据，让案件调查向前迈进了一大步。警方几个月以来的苦苦侦办、寻找，终于出现了曙光。

在詹姆斯的协助下，警方在 8 月 27 日找到了那辆被丢弃的橘色丰田旅行车。这辆被偷窃的车上所有的指纹都被擦拭清除了，但警方用了一种日本的新技术，在反光镜的背面找到一枚不属于车主的指纹。

经过比对，这枚指纹指向二十五岁、居无定所的拉米雷斯。这时，在警方的档案里，拉米雷斯早已前科累累。

当时几个联合调查的团队领导，包括洛杉矶县的警长和洛杉矶市的警署总长等，经过一番苦思以及激烈讨论，决定赌一把，将拉米雷斯的照片发布于各媒体。

从一开始当作一般盗窃案处理，到确认在詹姆斯家外面徘徊的人是“黑夜跟踪狂”，而“黑夜跟踪狂”就是拉米雷斯，再到接下来采取行动，警方经过了好几天密集的作业，包括搜证、信息整合与内部开会决议。

过了几天，消息发布后，詹姆斯一家和街坊邻居们才知道，那晚与詹姆斯面对面的那个入侵者就是“黑夜跟踪狂”拉米雷斯。

1989 年此案开庭审理后，詹姆斯成为主要目击证人之一。他受到许多威胁，包括一通电话：“如果你出庭做证，你就死定了。”

曾有人感到不解，为什么詹姆斯会受到威胁恐吓呢？“黑夜跟踪狂”犯下这么多起命案，制造了如此大的恐慌，难道有人不希望他落网吗？难道是他的共犯？

据调查及报道，拉米雷斯一向单独行动，没有共犯。尽管报道没有透露那通威胁电话的来源（估计他们也不知道），但拉米雷斯确实有不少支持者，包括下文将提到的大批女粉丝。

另外也有人问，为什么那天半夜拉米雷斯就这么离开了，而没有攻击詹姆斯呢？报道没有提及，但我的看法是，他作案时一般都是在半夜潜入民宅，袭击熟睡的民众。但詹姆斯清醒着，如果他大喊，肯定会引来很多大人，这样风险太大。

03. 落网：洛杉矶市史上最戏剧性的追逐与围堵

警方公布嫌疑人信息的赌注算是押对宝了。

8 月 30 日（也有说是 8 月 29 日），拉米雷斯搭乘灰狗巴士到亚利桑那州去找他的哥哥。他哥哥并不在家，于是他跳上一辆回程的巴士。

当各大媒体大肆报道他的信息、张贴他的照片时，拉米雷斯正在旅途中，对此事浑然不知。

此时，警方已根据证人提供的线索部署了警力，以避免拉米雷斯逃离洛杉矶。在洛杉矶的灰狗巴士站，警员们紧盯着所有离城的巴士，却没想到拉米雷斯正从反方向行进。早上 7 点 30 分回到洛杉矶巴士站的拉米雷斯，从所有出勤警员面前走过。

尽管他还不知道这些部署都是为他而来的，可他非常警觉。他从巴士的出口，而非行人的出口，走出了巴士站。

他走进离他最近的那家小超市买糖果时（据报道，他很喜欢甜食，又不注重个人卫生，所以满口烂牙），注意到周围的人在看他。当他回看这些人，他们便装作没事地望向别处。

他在柜台付了钱，等着找零时不经意地瞥见了一旁的报纸架。架子上的四五份报纸，每一份的头版都印着他的照片。

这时，有个女人喊了："是他！El Matón[1]！El Matón！"

拉米雷斯拔腿就跑。他跳上一辆前往洛杉矶东边的巴士，想去找住在那里的哥哥。想不到，在巴士上，其他乘客也认出了他。他急忙下了车，开始向东跑。

拉米雷斯穿越了连接南北，汇入五号州际公路的圣安娜高速公路，进入洛杉矶东边。他跑过民宅的庭院，跨过篱笆，爬过一面九英尺高的墙。当他跑过住宅区的庭院时，受惊的民众纷纷打电话报案，说有人入侵。

这一刻，警方已经等很久了。

他们几乎是全员出动：巡逻车、直升机还有摩托车都上路了，陆空全面追缉，布下天罗地网。同时，拉米雷斯继续朝着哥哥的住家跑去，他朝着东边跑了很远。

他跑到哈伯街的街道上，冲进一辆没有锁的轿车里，在驾驶座上试图启动车子。女车主正好要出门，见状便开始尖叫，引来了她的父亲。拉米雷斯被这个愤怒的父亲给拽了下来。

拉米雷斯接着跑过街道，在路边抢了另一个女人安杰利娜的车钥匙。安杰利娜的喊叫声引来了邻居，五十四岁的何塞·布尔戈。

何塞正在院子里给他的果树浇水。听到喊叫声，他马上上前扭住拉米雷斯。拉米雷斯威胁说自己有枪，何塞仍不停歇。打斗中，安杰利娜的丈夫曼努埃尔抓了一根金属棍跑了过来，往窃贼的头顶上打去。

头顶流着血的拉米雷斯继续跑，何塞和曼努埃尔紧追。何塞大声喊着在家里的两个儿子，海梅·布尔戈和胡利奥·布尔戈，让他们过来帮忙。

事后胡利奥说："我们那时还在睡觉，听到一声'砰'的声响和尖叫声，便从床上跳起来，立马跑出家门。我们看到一个又高又瘦又黑的男人跑过去，我

[1] 西班牙语，意思是"好找事、爱打架的人"。

爸爸紧追其后。我们尽可能地快跑，协助爸爸抓住他。”

拉米雷斯跑了约三公里，最后在这父子三人以及十多个紧追其后的男人的追赶下，在街道旁的一面围墙边被制服，瘫坐在地上。

他一直试着逃走，不停地说：“放开我！放开我！”闻声而来的街坊邻居们将他团团围住。

这一切发生得那么快，街坊邻居们来不及反应，只当他是个偷车贼。胡利奥说：“想偷车？走错地方了！”

另一边，警员安迪·拉米雷斯一个人驾驶着二十四号巡逻车正在附近巡逻。刚过 8 点，巡逻了一整夜的他停下来买了杯咖啡。回到车上，他刚啜了一口，对讲机就响了。

“东洛杉矶二十二号。”

被呼叫的二十二号巡逻车并没有回答。这是一通骚乱的通报，信息并不多：“哈伯街 3700 街口有人打架，可能涉及刀或枪支。”

由于安迪距离通报地点只有三十秒车程的距离，他便应答了对讲机。安迪驾着车进入了哈伯街，在晨光中缓缓前进。他看到四五个男人朝他挥手，示意他停下。

一个站在人行道上的男人握着一根三英尺长的金属管子，管子滴着血。

一群人围着一个瘫坐在人行道上、头上血流不停的男人。这时，安迪还不知道这个人是谁，他打电话叫了救护车来为这个男人包扎伤口。

依照工作的标准流程，安迪首先必须写下事件发生经过。周围的人七嘴八舌地称，这个男人试图偷车，涉嫌持枪，还攻击民众。安迪眼前这个并未携带武器的男人，很显然激怒了群众。

安迪日后回忆称：“他在流血，全身被汗水浸透了。他大口地喘着气，看起来很累，而且非常非常害怕。”

有人形容他是标准的“抓住了喊，放开了攒”：被抓住时，他痛哭流涕、弱小无助地跪地求饶；一旦被放开，他跑了几步觉得安全了，就开始嘚瑟。

安迪用手铐将他铐住，并问他名字。

“理查德。”

“理查德什么？”

“理查德·拉米雷斯。”

都到这份上了，安迪还没将这名字与“黑夜跟踪狂”联系到一起。救护人员到达后给拉米雷斯包扎伤口，从他的头上到下巴绕了一圈纱布。安迪将拉米雷斯带到他的巡逻车上。

同时，安迪注意到越来越多的人围了过来，将哈伯街挤得水泄不通。民众纷纷挤过来问安迪，你逮住他了吗？

民众都称，这个人就是“黑夜跟踪狂”。安迪事后接受采访时解释，尽管这个男人看起来像“黑夜跟踪狂”，但必须经过正当的程序才能核实。

此时，一辆洛杉矶总警局的巡逻车到达现场，警员吉姆·凯泽从车上下来。过去这几个月，吉姆一直协助侦办“黑夜跟踪狂”一案，一眼便认出了他。

这时，现场已经聚集了几百个（也有说是上千个）愤怒的群众，他们越来越靠近现场，并大声喊着：“抓住他！毙了他！”

安迪在现场安抚并疏散愤怒的群众，以免场面失控。吉姆则将头上绑着绷带的拉米雷斯转移到他的巡逻车后座，铐牢他的双手。当警车到达霍伦贝克警局时，整个大楼已被愤怒的民众团团围住。

吉姆拿起对讲机，嘴角一抹微笑。“好！我们抓到他了。”

由于和理查德·拉米雷斯的姓氏一样，当天晚上，二十五岁的安迪打电话问他的父母，他们跟理查德·拉米雷斯有没有任何关系。“没有。”他们斩钉截铁地告诉他。

何塞、海梅和胡利奥父子三人，当然还有詹姆斯，都成了协助破案的英雄，并得到警方的表扬和媒体的关注。

04. 审判

据报道，拉米雷斯被拘捕到案后，二十分钟内便认了罪。经过仔细的审讯，警方认为除了他认罪的案子，他还可能犯下了另外十起甚至十二起谋杀案。

经过三年的准备工作，加利福尼亚州法院于 1989 年 1 月 31 日开始审理此案。9 月 20 日拉米雷斯被判处死刑，将于毒气室执行。定罪的四十三项罪名包括十三项谋杀罪、五项谋杀未遂罪、十一项强奸罪以及十四项入室盗窃罪。

拉米雷斯向最高法院提起上诉，企图改变判决，但并未如愿。

由于此案极为复杂，庭审的记录资料有近五万页之多，加利福尼亚州最高法院一直到 2006 年才阅毕这些资料，并开始审理拉米雷斯的上诉。最终，法院驳回他的上诉，并维持原判。

被判死刑时，拉米雷斯赞美了撒旦，并对着满满一法庭的人，包括法官、陪审团和受害者家属大言不惭地说："你们不了解我，我也不指望你们能了解我。你们没有那个能力，（因为）我超越了你们的所有经验。"

法官迈克尔·泰南同意了其中一点。他说："拉米雷斯的罪行，包括挖出一个被害人的双眼，确实超越了任何人的理解范围。"

拉米雷斯与撒旦的关联，无论多么穿凿附会，都赋予大家很多想象的空间。即便这个数月以来令人闻风丧胆，让半个加利福尼亚州活在惊恐中的"撒旦之子"已被逮捕，警方仍然战战兢兢。

2013 年，当媒体在事件发生二十八年后采访那些办案人员，他们仍旧对拉米雷斯印象深刻，整个经过也历历在目。

将凶手从围堵现场送往警局的警员吉姆，再三确认拉米雷斯已牢牢被铐在警车后座之后，才敢开车。吉姆称："我不知道他有什么能耐，但在他眼里，我看到了百分百的邪恶。他有一双冷酷、黑暗的眼睛。他是邪恶的终极化身。"

警探吉尔对当年审问拉米雷斯的恐怖景象给出了栩栩如生的描述。拉米雷斯时不时地低着头，身体趴在桌子上，大声地喘气，并且满身大汗，完全不理会吉尔的问话，整个人像是进入了另一种意识状态，即将要发狂。

吉尔形容自己挺紧张的。“我从没遇到过这种状况。万一发生什么事，我都准备好随时走人了！”

警员琳达是这么形容他的：“我第一次看见他本人时，他的眼神里透露着邪恶。他看起来那么阴险，充满恶意，像是被附身一般。他看起来就是很邪恶。”

有一个警员甚至说，拉米雷斯让他相信这世上有撒旦的存在，因为拉米雷斯就是一个活生生的化身。

拉米雷斯的恶魔形象给漫长的审判过程制造了一些小插曲。

一个监狱工作人员偶然间听到拉米雷斯对狱友信誓旦旦地说，他会给大家制造一点混乱。不久后，1989 年 8 月 14 日这天的庭审，一位女性陪审员在家中被谋杀。

尽管后来经过调查发现，凶手是陪审员的男友，但这件事的发生就像在陪审团之间投了个炸弹。在真相大白之前，大家以为是拉米雷斯在狱中策划安排了这起命案，陪审员个个都受到了不轻的惊吓。

就算是恶魔的化身，拉米雷斯也还有人的形体。到底是什么样的经历，让这个“人”对世界的认知超越了人类的理解范围？

换句话说，拉米雷斯留给公众的最大悬念是，到底是什么造就了这个冷酷嗜血的连环杀手？是成长背景与成长过程中的经历造就的，还是他生来如此？理查德·拉米雷斯到底是一个什么样的人？

下篇

01. 生平：暴力的童年

出生于 1960 年 2 月 29 日的理查德·拉米雷斯来自一个墨西哥移民家庭，在家中五个孩子里排行最小。

分别在两岁和五岁时，拉米雷斯头部遭受严重创伤。两岁时，他在家里爬五斗柜时摔了下来，昏迷了十五分钟，额头划出一道很深的伤口，并缝了三十针。五岁时，他在学校里被一只摆荡中的秋千砸晕了，再次失去知觉。隔年，他被诊断罹患癫痫，常常在学校里发作，昏倒。

头部严重创伤成了日后媒体猜测的拉米雷斯成为杀人魔的原因之一。拉米雷斯的父亲在移民前是个警察。移民后，全家搬迁到得克萨斯州的埃尔帕索，一个靠近墨西哥边境的城市，并定居于此。有一段时间，父亲在新墨西哥州的圣菲市修筑铁路。

第一代移民日子并不容易。从警察到铁路工人的社会地位差距，再加上一大家子都靠一份工薪过日子的经济压力，父亲的不堪重负不难想象。

或许这压力间接导致了拉米雷斯父亲的情绪管理障碍。尽管工作勤恳、认真负责，但他常常无法控制地发脾气，并对妻子和所有儿子实施家暴。父亲高大强壮，常常将拉米雷斯打得身上青一块紫一块，拉米雷斯也常常目睹父亲殴打哥哥们。

为了逃避父亲经常突如其来的愤怒，拉米雷斯开始在外游荡。据说，他十岁时开始吸食大麻，并经常睡在墓园里。

接着，拉米雷斯常常到堂哥米格尔的家里玩。米格尔比拉米雷斯年纪大很多，是个曾经参加过越战的特种部队退伍兵。

或许是因为父亲角色缺席，拉米雷斯很尊敬米格尔，把他当成榜样。米格尔则会教导拉米雷斯（米格尔认为的）一个男人应有的行为举止。

很不幸，米格尔对任何小孩来说都绝对不是个良好的榜样。他巨细无遗地告诉拉米雷斯他在越战中犯下的残暴罪行，包括在越南时如何性侵并杀害了许多当地的女人。

他甚至给拉米雷斯看这些女人的照片，其中有一张是他和一个女人的头颅的合影。米格尔不但性侵且杀害了这个女人，还把她的头给切了下来。据报道，米格尔有一个盒子，里面装的都是这些照片。

米格尔还教了拉米雷斯很多他在军队里学到的技能，例如如何抓人、如何杀人等等。

这个时候，拉米雷斯才大约十到十二岁。或许这些不正常的经验，让青少年时期的他开始将性幻想与暴力联系了起来。

1973 年 5 月 4 日，拉米雷斯在米格尔家玩的时候，米格尔跟妻子发生了激烈的争吵。一怒之下，米格尔竟然朝妻子的脸部开枪，杀死了她，血喷溅了拉米雷斯满身满脸。

拉米雷斯目睹整起事件的发生，但据说他什么也没做。他既没有阻止米格尔，也从未向任何人提起、谈论过这件事，可能是为了保护米格尔。这起事件对一个十三岁孩子的心理和情绪冲击之大，可想而知。

米格尔被逮捕后并未被判刑。他被以罹患精神疾病为由无罪释放，但被监禁在州立精神病院里四年。

米格尔被监禁后，拉米雷斯住到了一个已婚姐姐的家里，因为他仍然不想回家面对他的父亲。而姐夫罗伯托是个偷窥狂，常常在晚上带上拉米雷斯，在小区里到处偷看各家漂亮的女孩。

据报道，拉米雷斯的哥哥鲁宾还教他如何从屋外开锁、开窗并关闭保安系统。

十三岁到十七岁这段时间，拉米雷斯开始出现异常行为，朝着边缘人的生活靠近。他与妓女约会，并经常偷窃。所有能到手的东西，他都不放过。邻居给他取了各种绰号："里奇[1]小偷""手指"等，来形容他灵活的手指以及对盗窃的擅长。同时，他吸食的毒品也从大麻升级为海洛因、可卡因等。

十五岁时，还在上学的拉米雷斯在连锁酒店"假日酒店"的当地分店里兼职打工。由于工作人员有房间钥匙，他便经常利用职务之便偷偷进入客房，偷走入住房客的财物。

一天，他再次用钥匙进入一间客房，当时房间里有一个女房客。拉米雷斯袭击了这位女房客，试图性侵她。在千钧一发之际，女房客的先生回来了。拉米雷斯被制止，而警方也很快赶到。

但这对夫妻最终并没有起诉拉米雷斯，整件事不了了之。他们来自别的州，如果为了这件事将拉米雷斯告上法院，他们必然得一次次来到得克萨斯州出庭做证，而他们并不愿意自己的生活被影响。不过，拉米雷斯因为这件事而丢了工作。

不久后，拉米雷斯因其他罪行进入青少年监狱。出狱后，他开始逃课，学习成绩一落千丈。高三时，十七岁的拉米雷斯辍了学。

这一年，米格尔从精神病院中出院，两个人又常常在一起厮混。隔年，十八岁的拉米雷斯开始膜拜撒旦。据报道，1983 年他曾告诉一个亲戚，他是撒旦的儿子，撒旦保护着他。

1979 年起他再也不注重个人卫生，日后被目击证人指证有严重口臭。

从十八岁到二十四岁，拉米雷斯由于入室盗窃以及偷窃汽车等罪行，数次被逮捕。

---

[1] 里奇（Richie）是理查德（Richard）的昵称。

二十二岁时，拉米雷斯决定从得克萨斯州搬去西边的加利福尼亚州。他先落脚于旧金山，并住进一家位于田德隆区的酒店。

1984 年 4 月 10 日，他在这家酒店的地下室杀害了一个九岁的华裔小女孩梁梅（音译）。他先是性侵、殴打了她，接着将她刺死。这起命案直到二十五年后的 2009 年才侦破，也是拉米雷斯被确认的第一起谋杀案，但这起案件未被审理。

拉米雷斯已然长成了一个不折不扣的社会边缘人。吸食毒品、偷车、嫖妓、入室盗窃就是他的日常生活。

接着，他搬去了洛杉矶，进入杀人时期。

洛杉矶郊区是拉米雷斯作案的天堂，因为大家普遍不锁门窗。刚开始，拉米雷斯只在夜里闯入无人在家的民宅偷窃。得手数次后，他越来越大胆，从入室盗窃发展到性暴力、谋杀。

拉米雷斯的狱友在接受采访时谈到拉米雷斯的作案手法。他通常夜里躲在树上或围墙篱笆后观察、偷窥受害者，等到他们入睡后再潜入杀了他们。“像个懦夫。”这个狱友如此评论。

至于动机，很明显，除了嗜血，拉米雷斯还从暴力中得到性兴奋。

他在被审讯时承认：“我喜欢杀人，我喜欢看着他们死去，我喜欢那些血腥。”

他还在一次采访中称：“对某些人来说，恰恰就是杀害一个人的举动让他们感到充满性欲。”

周围的人对拉米雷斯的认识又是怎么样的呢?

02. 童年伙伴、妻子、调查人员的评论

1985 年 8 月底，警方将拉米雷斯的照片发布于各大媒体。

拉米雷斯的童年伙伴帕特里夏·卡斯菲看着这些报道，止不住地对一旁的老公惊呼：“看，是里奇！居然是里奇！”

在接受采访时，帕特里夏称：“完全不能理解、想象，以他的性格，他会做出这样的事。”

另一个童年朋友乔·皮农也瞠目结舌，几乎什么话都说不出来，只是重复说了三次：“我太震惊了！”

小时候，乔、帕特里夏和里奇的家都在同一个区域，三个人也上同一所学校。这个区域的人大多是墨西哥移民，尽管比较穷，但居民们还是有着他们的乐趣。

放学后，孩子们都玩在一块儿，直到各自的父母喊他们回家吃晚饭。帕特里夏说，他们最喜欢玩的是一个叫“踢罐头”的游戏。里奇跑得很快，是常胜冠军，所以大家都想跟他组队一起玩。

帕特里夏和里奇家住得近。从家里走路去学校的路上，如果想抄捷径就必须经过一个不太安全的区域。里奇总是会坐在路边等她，再陪她一起穿过那个区域去学校。帕特里夏形容里奇的性格：友善仁慈、关心别人、有魅力。

帕特里夏还说：“而且他很有趣很有趣，总是让我发笑。”

九岁时的里奇被形容为害羞、独来独往，可事情很快就不同了。十岁时，五年级的里奇坐在帕特里夏后面，常常不停地戳她后背，让她很不耐烦。

尽管媒体称拉米雷斯为“黑夜跟踪狂”，但那些认识他的人从未怀疑过他。面对采访的镜头，乔喃喃地说：“里奇就是一个正常、一般的孩子，像我们每个人一样。”

但高中时，她确实注意到了里奇的转变。“他不再跟我们这群朋友玩了。”她还提到里奇有吸毒的习惯。

成年后的拉米雷斯还有大家想象不到的一面。

警探们发现，拉米雷斯比他们以为的聪明得多了。即便犯下一连串凶案的行为让大家认为拉米雷斯已经失去心智、几近疯狂，但审问他的警探吉尔说，拉米雷斯的表达能力比绝大部分他审问过的罪犯都更好、更清晰。

拉米雷斯很享受媒体的关注，也很乐意接受采访。他通常拒绝回答那些关于他自身罪行的提问，但是对连环杀手的问题，他倒是很有想法，经常长篇大论。

警探吉尔形容他“在谋杀方面知识渊博”。拉米雷斯大量阅读关于谋杀、杀戮以及历史上的连环杀手等主题的内容，从罗马时期到当代的连环杀手，他如数家珍。监狱人员带他去牢房时，他得知某个恶名昭彰的连环杀手也曾经被监禁于此，竟然激动了起来。

警探弗兰克说，拉米雷斯从未对他犯下的罪行表示后悔。“他想要成为史上最厉害的连环杀手，并让世人这么记得他。”从某种意义上看，他的愿望确实实现了。

再从一个妻子的角度来看，拉米雷斯又变成另一个人了。

1996 年，拉米雷斯在监狱里结了婚。根据美国有线电视新闻网 1997 年的一份报道，拉米雷斯的妻子多琳深信他是无辜的，是体制下的牺牲者。在妻子的眼里，拉米雷斯不但没有一丝邪恶，反而“很仁慈、风趣，而且有魅力”。多琳说：“我认为他真的是一个很棒的人。他是我最好的朋友。他是我的伙伴。”

但也有很多人质疑，尽管人是多面的，但拉米雷斯犯下多起不是常人能干出的凶杀案，这也是千真万确的啊。这样的人，还会有人爱上他?

不但有，而且还很多。

03. 忙着谈恋爱的监狱生活

拉米雷斯落网后，事件进入另一个阶段。当法院程序成为众多人关注的焦点，大家很讶异地发现，这个以虐杀为乐、自称恶魔之子的男人，引来了一堆女粉丝。

案件审理期间，每天都有各式各样的女人坐满了法庭的后排，有护士、学校老师、秘书、脱衣舞女，以及同样是撒旦教信徒的女人等等。不开庭时，拉米雷斯也没闲着。女粉丝们给他写几百封情书，拉米雷斯不但回信，还从监狱里打（对方）付费电话给她们。

接受采访时，这些粉丝称："我想看看他本人是什么样子。他看起来好可爱。"

"每个人都觉得他很坏，但我知道他是个好人，因为我认识他，我知道。"

在众多争先恐后想赢得拉米雷斯青睐的女粉丝中，一头红发的多琳·罗伊在1996年成为拉米雷斯的妻子。

愿意在拉米雷斯案发入狱后嫁给他的女人，是一个怎样的人呢？

多琳是一家青少年杂志的编辑，来自一个笃信天主教的家庭，父母非常虔诚。她在学校里太忙，没有时间交男朋友，毕业后便一头扎进她的编辑事业。

她住在伯班克，位于洛杉矶市区北边十九公里处。她声称在"黑夜跟踪狂"肆虐的那段期间，她并不害怕，也没多想，只是觉得那些事不会发生在她身上。

她第一次见到拉米雷斯是在1985年，她看到他被逮捕后电视上的报道。报道形容多琳对他"一见钟情"，而多琳自己的说法是："他的眼里有种特质深深地吸引了我，或许是他脆弱的一面。"

刚开始，她并没有过于关注拉米雷斯，而是对他的遭遇感到愤愤不平。她写了数十封信给报社，抗议民众对他实行的暴力，并批评公众在审判前就给他定了罪。

拉米雷斯被捕十八个月后，多琳给他寄去了一张生日卡，但他阴错阳差地没有收到。第二年，她再寄了一次，他回信请她继续写来。他们一个星期写两到三封信，有一天，她接到了他打来的一通付费电话。接下来，他请她去监狱探视，她也去了。

据报道，多琳在十一年里给拉米雷斯写了七十五封信。他们开始信件往来后的第三年，她给他寄衣服，让他出庭的时候穿。

他的每一场庭审，她都参加了。她也看着他被判死刑。

1988年，她第三次探监时，他用一种很简单的方式向她求婚：“我希望娶你。”她马上答应。

为什么多琳能够在众多竞争者中胜出呢？拉米雷斯告诉媒体：第一，自己信任她；第二，多琳是个处女（天主教禁止婚前性行为）。

她说自己已经做好思想准备：如果拉米雷斯一辈子待在监狱里，或死于死刑，她将一辈子不会有任何性经验、不会有孩子。

刚开始，多琳探监时都隔着厚实的玻璃。在他们的婚期决定了之后，才被允许把玻璃移开，彼此才能有肢体接触。婚后，多琳被允许一个星期去探监四天，平均一天两小时。她通常都是早早地赶到，排在队伍的第一个。

1996年10月3日，四十一岁的多琳穿着一袭点缀着珍珠的白衣，与三十六岁的拉米雷斯在加利福尼亚州的圣昆廷监狱里举行了简单的仪式。

在诸多媒体镜头前，她公开宣布：“我们都很期待这一天。这一切都是因为爱，而我感觉很骄傲。我爱他胜过世界上的一切。”即便不能同房，婚礼那天，多琳还是很开心地道出她的心情：“今天我感到狂喜，以及非常非常骄傲和理查德结婚，成为他的妻子。”

多琳的兄弟和双胞胎妹妹都没有参加婚礼，拉米雷斯的哥哥、嫂嫂和一个侄女到场。

多琳向媒体承认，她的家人由于这场婚姻已与她断绝关系，有些朋友也为此与她疏远。嫁给一个死刑犯是一种“寂寞的生活方式”。为此，她已经做好心理准备。

“他值得我做的所有牺牲，而现在和将来还有更多的牺牲。这表现了他对我的重要性及意义，而我做这个决定是因为他带给我的快乐。”

在媒体的描述下，多琳是个从未被开过一张驾驶超速罚单、奉公守法的好公民。过去，她也从未关注过犯罪案件或刑事司法。但是，这个恶贯满盈的人，有种她无法解释的特质触动了她。

多琳性格保守拘谨，甚至连咖啡都不喝。

可多琳承认，她喜欢被需要的感觉，不只是被拉米雷斯需要，也包括被家人和朋友需要。对嫁给拉米雷斯而损伤名誉，她说她一点也不在乎。

给拉米雷斯写传记的新闻工作者菲利普·卡洛花了约一个月的时间试着了解多琳，想知道她"脑子里到底在想什么"。他得到什么结论呢？

多琳一点也没有拉米雷斯其他女粉丝的各种心态，比如：想拯救他、想报复社会、想凭借他过上一种很不一样的生活或一门心思地想为他牺牲一切。

"在采访她，与她面谈很多天之后，我更摸不着头脑了。"卡洛说，"她疯狂地、痴迷地爱着这个家伙。"

婚后，多琳开始并持续地公开宣称，如果拉米雷斯被执行死刑，她就要自杀。其他的支持者也借此机会开始提出各种诉求，企图取消拉米雷斯的死刑。由于加利福尼亚州最高法院漫长的上诉程序，这些动作使得拉米雷斯的死刑执行被无止境地延后。

多琳尽管最初作为头号支持者到处抗议、提出诉求，但最终还是慢慢地安静了下来。根据报道，两个人渐行渐远，与拉米雷斯在 1984 年犯下的那起九岁女孩的谋杀案有关。

这起命案，直到 2009 年才因一份犯罪现场 DNA 检验而破案。此案尽管并不列入拉米雷斯被定罪的案件，但总是被提起。这起案件的存在是一个提醒，拉米雷斯很有可能也犯下过其他罪行，却没有被发现。

拉米雷斯承认，他不仅强奸、刺杀了小女孩，还模仿"十字架上的耶稣"的样子，将受害者吊起来，让她的双脚离地面好几英寸[1]。但他自始至终从未对自己的行为表达过一丝后悔之情，这让多琳无法接受而结束了他们的关系。

2013 年，在他死后，多琳没有去领尸体，监狱发言人证实了这件事。

---

[1] 英美制长度单位，1 英寸等于 2.54 厘米。

据报道，2010 年开始，对拉米雷斯的所有探监都被禁止，而在那之后，他也拒绝任何探视，直到 2013 年死于白血病。

还有报道称，他们分开后，拉米雷斯开始与一个名叫克里斯蒂娜·李的女人交往。克里斯蒂娜是一个没有工作、有两个小孩的年轻母亲。她说，她喜欢拉米雷斯是因为他对待她的方式。

对拉米雷斯存有浪漫情怀的，甚至还有坐在法院里的陪审员。

辛西娅·黑登是此案的候补陪审员。她替补上时，在法庭上喜形于色，这让拉米雷斯觉得拉拢她对自己是有利的。自那以后，拉米雷斯就开始在法庭上跟她眉来眼去，但这也没用，最后他还是被判了死刑。

判决宣布时，辛西娅还当场对拉米雷斯做了一个动作和表情，表示她很抱歉没能帮上他。

审判之后，拉米雷斯还邀请她去监狱里探视他。

辛西娅在情人节时给他寄了一块蛋糕，蛋糕上用糖霜写着“我爱你”。

辛西娅告诉他，她已经深深爱上了他，而且即将在电视上宣称他是无辜的，而他之所以犯下那些罪行是因为他在那些时刻被恶魔附身了，所以他不应被判死刑。

为什么辛西娅会说出这些话呢?

她认为，在案子的审理过程中，陪审团由于缺乏重要的信息，例如拉米雷斯恶劣的成长环境，而未能做出正确的决定。而这使得她“深爱的美好的理查德”将付出生命的惨痛代价。

辛西娅宣称，别的陪审员曾说过，他们如果早知道那些信息，或许就不会做出死刑判决。

拉米雷斯对辛西娅的吸引不仅仅是外表和肉体上的，也是心智上的。

在接受媒体采访时，她说：“我接近理查德是为了找出问题的答案：他为什么要做那些事？是因为他喜欢、享受做那些事吗？”

她的解释是，拉米雷斯让她长见识了。“他让我认识到这个世界黑暗的一面。有人喜欢做这些事，而这些人从外表看起来就跟平常人没两样。”

但她也承认，拉米雷斯若有机会出狱，一定会重操旧业，继续杀人。“就像我有个工作，你也有个工作。他的工作就是杀人，这是他得到的训练。”

04. 末路：死亡

很多人都期待着拉米雷斯被执行死刑。

当年负责调查此案的警探之一弗兰克，一直计划着参加他的死刑。接受采访时，他说：“我必须得活得够长，才能参加他的死刑。我会亲自去观刑的。”

但他们的期望最后却落空了。

在监狱里等了二十四年后，拉米雷斯最后于 2013 年 6 月 7 日在医院里死于白血病引发的肝衰竭，死的时候五十三岁。

对他的死亡，他的妻子多琳拒绝评论。自从拉米雷斯死后，与家人朋友没往来的多琳便销声匿迹了。而拉米雷斯的父亲则怪罪于毒品对他的恶劣影响。

在很多人看来，拉米雷斯的下场比所有那些因他而失去生命或一辈子受苦的受害者和家属好多了。

当年协助破案的小男孩，如今已是个大男人的詹姆斯称，在拉米雷斯被监禁的这二十多年里，政府还为他整治他的一口烂牙，真是浪费纳税人的钱。（在美国看牙医是天价。）

而同样协助逮捕他的福斯蒂诺的七十三岁的太太雷娜称，他给很多人造成了伤害，却没有得到相应的制裁。

其他协助逮捕的民众，例如何塞，基于宗教因素并不积极谴责拉米雷斯。他认为，自己为这件事尽了力，阻止“黑夜跟踪狂”伤害更多的人，也就心安了。

自此，这个连环杀手所引发的所有事件，也算尘埃落定。至于那些无辜丧命的民众、受苦的家属，祝愿平静降临他们的心灵。

（作者：知更鸟）

图书在版编目（CIP）数据

没药花园案件：罪恶追踪 / 没药花园著 . -- 长沙：湖南文艺出版社，2021.8
ISBN 978-7-5726-0269-6

Ⅰ. ①没… Ⅱ. ①没… Ⅲ. ①犯罪心理学 – 通俗读物 Ⅳ. ①D917.2-49

中国版本图书馆 CIP 数据核字（2021）第 136723 号

上架建议：畅销 · 犯罪心理学

MOYAO HUAYUAN ANJIAN: ZUI' E ZHUIZONG
没药花园案件：罪恶追踪

作　　者：没药花园
出 版 人：曾赛丰
责任编辑：刘雪琳
监　　制：毛闽峰
策划编辑：周子琦
文案编辑：朱东冬
营销编辑：刘　珣　焦亚楠
装帧设计：潘雪琴
封面插画：Ximena Arias
出　　版：湖南文艺出版社
（长沙市雨花区东二环一段 508 号　邮编：410014）
网　　址：www.hnwy.net
印　　刷：三河市天润建兴印务有限公司
经　　销：新华书店
开　　本：680mm × 955mm　1/16
字　　数：184 千字
印　　张：13
版　　次：2021 年 8 月第 1 版
印　　次：2021 年 8 月第 1 次印刷
书　　号：ISBN 978-7-5726-0269-6
定　　价：48.00 元

若有质量问题，请致电质量监督电话：010-59096394
团购电话：010-59320018